ホイス

o & Yukiya

倉多楽

Raku Kurata

EB
エタニティ文庫

目次

魅惑のハニー・ボイス

1

——とうとうこの日がきちゃったよ……

残暑が厳しい八月下旬のある日。都内某所に建つ商業ビルの前で、私——塚口真帆《つかぐちまほ》はビルの一階から最上階まで、視線を何度も往復させていた。

ゴクリと喉《のど》が鳴る。

今朝から続いていた緊張感が、ここに来てピークに達したらしい。

汗ばむ手をハンカチで何度も拭《ふ》いて、資料の入ったファイルケースを抱え直す。腕時計に視線を落とすと、針は待ち合わせ時刻の五分前を指していた。

……いつまでもここにいるわけにはいかない。

「あ、あー。あーあー。……よし」

喉《のど》の調子を確かめ、大きく深呼吸して、私は目の前の自動ドアへと一歩踏み出した。

私の勤め先である堀中製菓《ほりなかせいか》は、菓子業界において国内シェア上位をキープする食品メーカーだ。

私はビスケットやソフトケーキなどの商品企画をする課に所属している。

社会人二年目の二十三歳といえば、新卒扱いからは脱したものの、まだまだ駆け出しの未熟者――そんな私がなんの因果《いんが》か、この度ラジオに出演することになってしまった。

堀中製菓はあるラジオ番組のメインスポンサーで、自社の商品をPRするための放送枠を持っている。そして、ときどき社員をそのコーナーにゲスト出演させているのだ。

今回は九月末に発売する新商品の宣伝にともない、私の所属する課から出演者が選ばれることになった。

聞けば、課の先輩達の何人かはラジオ出演の経験があるそうだ。

だったらその中の誰かがまた出演すればいいんじゃ？　とか、先輩方を差し置いて下《した》っ端《ぱ》の私が出演？　とか、いろいろと思うところはあったんだけど……

そのラジオ番組のパーソナリティの名前を聞いて、私は思わず興味を示してしまった。

それを主任に目ざとく見られていたようだ。

「今回は塚口が行ってこい」という主任の一言で、私に白羽《しらは》の矢が立った。

収録は全部で四回。初回のトーク内容については課内で打ち合わせ済みだし、喋《しゃべ》るコツも教えてもらえた。もちろん台本もあるから、準備は万全だと思う。

だけど……あの人に対面するのだと思うと、緊張は高まるばかりで、いくら自分に

「大丈夫」と言い聞かせても、心はなかなか落ち着いてくれない。

……とにかく今日一日を、いや、今から収録が終わるまでの一時間くらいを無事に乗り切ることだけ考えていよう。

私はファイルケースを胸にギュッと抱き締めて、ビル内のエレベーターに乗り込んだ。

四階で降りると、エレベーターホールの正面にラジオ局の受付がある。

「堀中製菓より参りました、菓子食品マーケティング部二課の塚口と申します。ラジオ番組出演の件で、十三時に志波幸弥《しばゆきや》様とお約束しております」

「いらっしゃいませ。こちらに必要事項をご記入いただけますか？」

受付で簡単な手続きを済ませ、女性局員に先導されながら進む。

ほどなくして、パーティションで仕切られたブースに通された。

……いよいよだ。

もうすぐ本物の志波さんに会える。

うぅっ、ドキドキする……！

私がここまで緊張する理由……それは生まれて初めてのラジオ出演だからということ以上に、憧れていた人物に会えるからだった。

——志波幸弥。

私は彼のことを、一方的に知っている。いや、正確に言うと彼の〝声〟だけを知っていた。

志波さんは、私が高校生の頃に愛聴《あいちょう》していたラジオ番組の、メインパーソナリティを務めていた人なんだよね。

六年前……深夜帯に放送していたその番組を、当時高校三年生だった私は、毎週欠かさず聴いていた。

机に置いたポータブルラジオからイヤホンを経て伝わってくる彼の声は、耳に心地好《ここちよ》く響く低音で、受験勉強で疲れた頭を優しく癒《い》やしてくれた。

声だけじゃない。彼の言葉そのものにも共感していた。選曲のセンスも、曲を紹介するときの短いコメントも大好きだった。

いつもハキハキと喋《しゃべ》っていた彼は、たまに吐息《といき》交じりの色っぽい声を出すことがあった。それを不意打ちで聴くと、まるで耳元で囁《ささや》かれているような変な気分になった。胸がキュウッとなって……参考書の上に突《つ》っ伏《ぶ》して身悶《みもだ》える、なんていうこともあった。

大学に進学してからは生活のリズムが大きく変わり、ラジオを聴く機会もすっかりなくなってしまったけれど……その頃抱いていた憧れやときめきは、今でも胸に残っている。

「まさか仕事で志波さんに会えるなんて……」

はぁ、と小さく息を吐く。

きっと今の私は、気持ち悪いニヤけ顔になっているだろう。

その一方で、会うことへの怯《おび》えや躊躇《ためら》いのようなものも感じている。

当時、私は志波さんの素顔やプロフィールといった個人情報を、あえてなにも調べずにいた。

彼の実像が、自分の理想から大きく外れていたら、がっかりしてしまう。それが怖くて、いつも〝理想の大人の男性〟を想像しながら美声に耳を傾けていた。

……本物の志波さんは、どんな人物なんだろう。

普段の明るい声の通り、笑顔が似合う人かな。

それともあの囁《ささや》き声に似合う、色っぽい雰囲気の人かな。

歳はいくつくらいだろう。

声は若いお兄さん風だったけど、実は意外とオジサマだったたっていう線もあり得るよね。

「……うぅー……！」

どうしよう。彼について考えていたら、ますます緊張してきた……！

「だ……大丈夫、大丈夫。台本を読むだけ。失敗しても、やり直しはきくし」

志波さんがメインパーソナリティを務める番組は二時間枠の生放送。

けれど、私が出演するゲストコーナーは二十分間だけで、しかもそこだけは事前収録だ。

「台本の通りに進めば、二十分で終わるはず」

リテイクがなければ、の話だけど。

……ああ……やっぱり心配だ。上手く喋《しゃべ》れるかな。

私、普段の滑舌《かつぜつ》は悪くないほうなのに、余裕がなくなると噛み噛みになっちゃうんだよね。

「はぁ……」

いろいろな意味でドキドキしすぎて、頭がボーッとしてくる。

そんなタイミングで――

「すみません、お待たせしました」

狭いブースの中に、懐《なつ》かしいあの美低音が響いた。

「っ！　あ、はい、いえ！　大丈夫です！」

慌てて椅子から立ち上がる。

お辞儀《じぎ》して顔を上げたところで、私はガチッと固まってしまった。

背の高い男性がこちらに歩み寄り、小さなテーブルを挟んで向かい側に立つ。

「『志波幸弥の Saturday《サタデー》 joyful《ジョイフル》 night《ナイト》』でパーソナリティをさせていただいております、志波です」

この人が……志波さん。

「……は、じめ、まして」

頭の中は真っ白で、繰り返し練習してきた挨拶《あいさつ》の言葉が全然出てこない。『はじめまして』と言えたことすら奇跡に思えるくらいだ。

だって……憧れていた人との初対面ってだけでも凄いことなのに……

志波さん、イケメンにもほどがあるでしょ!?

ぱっちり二重《ふたえ》の、黒目がちな目。

整った眉に、スッと通った鼻筋。

ゆったりと弧を描く、形の良い唇。

髪型はショートマッシュっていうのかな。色は明るめのココアブラウン。ミックスパーマなのかクセ毛なのか、毛先がクルッとしている。

全体的な雰囲気としては、華やかな甘い系のイケメンだ。

しかも背が高い。脚も長いなー……

サマーニットと細身のパンツというシンプルな服装が、スタイルの良さを引き立てている。

こちらを真っ直ぐ見つめてくる瞳を呆然と見上げた。

……歳は私より少し上の、二十代後半くらいかな。

美声な上に、こんなに格好良いなんて反則……

胸が高鳴ってしまい、未だに言葉が出てこない。

数十秒か、もしかしたら一分以上も見つめ合って——ようやく頭が再起動した途端、羞恥心《しゅうちしん》が湧き上がる。


わ、私は会社の代表としてここに来たのに、仕事相手にポーッとなったらマズいでしょ！


「ご挨拶《あいさつ》もなしに、すみません！」

慌てて頭を下げ、おたおたしながら社名と所属部署を告げる。

「こちらこそ申し訳ありません」

すると何故か志波さんからも謝られてしまい、焦りに拍車がかかった。

「いえ、あの——」

「あまりにお美しくて、言葉を失っていました」

美低音が紡《つむ》いだ言葉を耳にして、名刺ケースを手に再び固まってしまう。

「え？」

「はい？」

志波さんは笑顔で僅《わず》かに首を傾げる。

あれ？　なんだか仕事中には絶対耳にしないはずの艶《つや》めいた声色《こわいろ》で、この場にそぐわない気障《きざ》なセリフを言われたような……？

しかし、そのまま何事もなかったかのように、自然に名刺交換の流れになる。

「改めまして、志波です。よろしくお願いいたします」

妙に色っぽく聞こえた志波さんの声も、普通の明るい声に戻っていた。

「……塚口です。よろしくお願いいたします」

名刺に並ぶ肩書きを見て、ちょっとびっくりしてしまった。

ラジオパーソナリティの他に、テレビ番組でナレーターをしているのは知ってたけれど……志波さんってアナウンススクールの講師もしてるんだ。

「志波という名字、たまに珍しがられるんですが、芸名ではなく本名なんですよ」

向かい側から柔らかな声が届く。私が名刺をまじまじと見ていたのを、彼は自分の名字が珍しいためだと解釈したらしい。

私は視線を上げ、笑顔で答えた。

「素敵なお名前ですね」

「真帆さんというお名前のほうが、ずっと素敵ですよ」

……え？　また色っぽい声で褒められた？

いやいやいや。私、どこからどう見ても普通女子だよ？　『美しい』とか『素敵』とか、今まで言われた記憶がないんですけど……？

困惑して思わず眉根を寄せる。

すると彼のほうも、何故か怪訝《けげん》そうな表情を浮かべた。

……ん？　なんなの、この妙な空気は……？

「失礼ですが、ラジオ出演のご経験は？」

声色《こわいろ》を柔和なものに戻した志波さんは、そんなことを聞きながら私に着席を促《うなが》す。私が座るのを見て、自身も正面の椅子に腰掛けた。

「え、あ……ありません。初めてです」

「やはりそうでしたか。かなり緊張されているご様子でしたので……」

彼に言われて、ハッとした。

……そういえば私、緊張してたんだった。

志波さんが放った褒め言葉があまりに衝撃的だったので、あれほど高まっていた緊張が全て吹き飛んでしまっている。

もしかして、志波さんは私の心を解《ほぐ》そうとして、わざと驚かせるようなことを言ってきたのかな。

彼をチラリと窺《うかが》うと、私を見つめる優しげな眼差《まなざ》しに気がついた。

……うん。きっとそうだ。

過剰な褒め言葉は、私をリラックスさせるためのリップサービスだったのね。

そういうことなら、ありがたく受け取っておこう。

「今日は初回の収録なので、ディレクターの松尾《まつお》と一緒にご挨拶《あいさつ》させていただく予定だったんですが、彼の到着が遅れるそうなんです。塚口さんをお待たせするのも申し訳ないですし、先に二人で打ち合わせを始めてしまっても良いですか？」

「はい。不慣れで恐縮ですが、精一杯頑張ります」

私がしっかり答えると、志波さんの顔が柔らかく綻《ほころ》ぶ。

「ありがとうございます。では早速《さっそく》ですが、先日お送りいただいた台本について――」

小さなブースの中で、憧れの志波さんと顔を寄せ合うようにして打ち合わせを始める。

志波さんのお陰で、私はすっかり余計な力が抜けて、自分の仕事に集中できるようになっていた。

しかし――彼から追加の爆弾が投下されたのは、収録の説明が一通り終わった直後だった。

「こんなに綺麗な女性と一緒にお仕事させていただけて、とても光栄です」

吐息《といき》交じりに囁《ささや》かれた言葉に、私はまた固まる。

……これも志波さんの厚意によるものなんだろう。

でも、仕事モードに入っているときに、ナチュラルにお世辞《せじ》を挟むのはやめてほしい。

私は恐る恐る切り出した。

「……あの、お手数をおかけしてすみませんでした。でも、もう大丈夫ですので」

志波さんが小首を傾げる。

「大丈夫とは？」

「え？　ですから、身に余るお世辞《せじ》のお陰で、緊張はだいぶ薄れましたので、これ以上言っていただかなくても……」

「お世辞《せじ》じゃありませんよ」

彼の整った顔がズイッと間近に迫る。

反対に、私は少し仰《の》け反《ぞ》ってしまった。

「緊張が解《ほぐ》れたのは良いことですが、俺はそれを狙って言ったわけではありません。綺麗だと思ったからそう言いました。……塚口さんの彼氏が羨《うらや》ましいな」

「いいえ、綺麗なんかじゃありません。それに彼氏もいないですし」

「本当ですか？」

志波さんの顔がパッと輝いた。

「こんなに素敵な女性を放っておくなんて、塚口さんの周りの男は見る目がないですね。俺、彼氏に立候補してもいいですか？」

「えぇっ!?」

彼氏に立候補!?　つまり、あの褒め言葉のオンパレードは本心だったってこと……？

でも、ちょっと待って。

私にとって志波さんは憧れていた人だけど、彼にとっての私は初対面の仕事相手でしかないわけで。

なのに交際を申し込んでくるなんて唐突すぎるでしょ！

どう考えても、場所と相手を間違えているとしか思えない。

それとも彼くらいのイケメンになると、こういうセリフを初対面の女性に言うのって普通なの？

私は少しずつ姿勢を元に戻しながら、おずおずと志波さんの表情を窺《うかが》った。

すると彼は照れたようにはにかみ、片手を首筋に運ぶ。

「……っと、すみません。先走りすぎました。とりあえず台本の読み合わせに入りましょうか」

台本を開いて読み始める彼の態度はとても自然だ。

でも私のほうは、正直わけが分からないことになっていた。

台本を読み始めた自分の声も、どこか遠く感じる。

褒められて嬉しい気持ちはあるんだけど、喜びきれないというか……逆にちょっとショックなのかもしれない。

高校生の頃、ラジオの電波越しに想いを寄せていた相手が、まさかクサいセリフをナチュラルに言えちゃう系の人だったなんて……

外見的にはプラス方向に予想外だったんだけど。

チャラい発言を次々と浴びせられて、高く盛りすぎた理想像がガラガラ崩れていくというか……

イメージ、違ったなぁ……

「――ここの、『新商品を食べた感想を言う』という部分なんですが、そのお菓子の実物はお持ちですか？　収録中に食べることはできませんので、いま試食させていただければ……塚口さん？」

怪訝《けげん》そうな声で名前を呼ばれてハッとした。

「ッ、すみません！　持ってきました！」

慌ててバッグの中を探る。

新商品のソフトケーキを取り出して、テーブルの上にそっと置いた。

「いただいても？」

「どうぞ。資料はこちらです」

商品について簡単に説明しつつ、お菓子を口に運ぶ志波さんをチラチラと窺《うかが》う。

今回紹介するお菓子には、企画立案から携《たずさ》わっている。同僚達と何度も話し合い、試食を繰り返してきた。開発期限ぎりぎりまで甘さの微調整をして出来上がったのがこの味だ。

社外の人に初めて食べてもらえるということで、私は物凄くドキドキしていた。

志波さんの口から感想が出てくる前に、自分の口から心臓が飛び出してしまいそうだ。

「――分かりました」

真剣な表情を浮かべた彼は、たった一言しか言ってくれなかった。

えっ、それだけ？

「あの……お味はいかがでしょうか……？」

「美味《おい》しいですよ」

志波さんはお菓子を食べ終わると、手元の台本にサラサラとなにかを書きつけている。

『美味《おい》しい』と言ってもらえて嬉しく思う一方で、『美味《おい》しい』としか言ってもらえなかったことにちょっとがっかりしてしまう。

私は無意識に表情をくもらせていたのだろう。

志波さんが私を元気づけるかのように、こちらに向かって小さくウインクした。

「詳しい感想は収録のときにお答えしますよ」

「……はあ」

この人、仕草まで気障《きざ》なんだ……。

それから私達は台本の残りの部分を読み合わせ、遅れて到着したディレクターの松尾さんと挨拶《あいさつ》してから、打ち合わせブースを出た。

「うちのラジオ局にはスタジオが三つあります。あちらの奥にあるのが生放送用のAスタで、今は昼の帯《おび》番組を放送中です。塚口さんに入っていただくスタジオは、こちらにある収録番組用のBスタ《バ ケ》になります」

メガネをかけた松尾さんは、志波さんと同い年くらいに見える。

彼に案内されて、ドキドキしながらBスタジオへと足を踏み入れた。

入ってすぐの場所にマイクとヘッドホンの置かれたテーブルがあり、椅子が二脚ずつ向かい合わせに並んでいる。

そのすぐ脇に目をやれば、ノートパソコンがぎりぎり載るくらいの小さなテーブルと、スツールが一つあった。

それにしても狭い。

椅子の数から五名は入れるのだろうけれど、志波さんと松尾さんと私がいるだけで既に窮屈《きゅうくつ》に感じる。

四方の壁が凸凹《でこぼこ》した防音材で隙間《すきま》なく覆《おお》われているからか、圧迫感や息苦しささえも覚えてしまう。

「塚口さんはこちらの席へどうぞ。幸弥は定位置に」

「はいはい。あ、塚口さん。良かったらこのクッション使ってください」

「準備ができたら始めるぞ」

松尾さんはスツールに座ってヘッドホンを装着すると、ノートパソコンと周辺機材を手慣れた様子で操作していく。生放送のときと違って、ディレクターも同じ部屋で作業するらしい。

私の正面に志波さんが座り、マイクの位置などをチェックしてくれた。

……かっ……顔が近い……！

打ち合わせのときも互いに顔を突き合わせるような感じだったけれど、今のほうが更に近い。

でも先ほどとは違って、彼の表情は真剣そのものだ。

気障《きざ》なセリフをにこやかに言い放つ志波さんと、今の真面目そうな志波さん。そのギャップが激しすぎて、私は困惑してしまう。

正直どっちも格好良いけれど、どちらかといったら今の真剣な表情のほうが好きかも……って、なにを考えてるの!?　今は仕事中だから！

私は咄嗟《とっさ》に俯《うつむ》き、うろうろと視線を泳がせる。

「――大丈夫ですか？」

「はっ、はい！」

志波さんに声をかけられ、慌てて背筋を伸ばした。

心配そうな表情を浮かべている彼と目が合う。

「もしかして塚口さん、閉所や密室が苦手だったりします？」

「……？　いいえ、特には」

「スタジオ内の圧迫感に戸惑われるゲストさんって結構多いので……もし辛いようでしたら、扉を開けたまま収録することもできますけど」

「ありがとうございます。でも本当に大丈夫です。ちょっと緊張がぶり返しちゃいまして」

「そうですか。なにかあったら遠慮せずに言ってくださいね」

「はい」

「始めてもいいですか？」

そう尋ねてきた松尾さんにも「はい」と返事をする。

彼と志波さんがアイコンタクトを取った。いよいよ収録スタートだ。

松尾さんが操作する機材から再生されたタイトルコールに続き、軽やかな音楽が流れ始める。そのタイミングで、志波さんがスウッと息を吸い込んだ。

そして――彼のまとう雰囲気が一変した。

私は思わず目を見開く。

志波さんの口から発せられる声は、耳によく馴染《なじ》んだあの美声だ。

軽快な口調も昔と全然変わっていない。

でも、この空気感。

彼から発せられる、ピンと張りつめたオーラ。

初めて感じたそれに……圧倒されずにはいられなかった。

『――ではここで、今夜のゲストをご紹介したいと思いまーす』

志波さんが私の名を告げ、こちらに〝どうぞ〟とハンドサインを送る。

私はハッと我に返り、軽く息を吸い込んだ。

『塚口です。よろしくお願いします』

最初の一言を噛まずに言えたことで、ほんの少しだけ肩の力が抜けた。

ふと柔らかな気配を感じて顔を上げる。

志波さんは私と目が合うと、小さく頷く。そして台本通りの内容を淀《よど》みなく話しながら、私を安心させるように親指を立てた。

……さすがプロ。

ガチガチに固まった私とは全然違う、余裕たっぷりの態度だ。

そんな彼を見ていると、雰囲気に呑まれた心が少しずつ落ち着いていく。緊張も若干和《やわ》らいだような気がした。

収録は台本に沿って流れるように進んでいく。

ほどなくして、私達の会話は新商品のことへと移った。

ここからが本題——私が開発に携《たずさ》わったお菓子の紹介だ。

『今回ご紹介するお菓子は……じゃらじゃらじゃらじゃら、ばん！』

志波さんのセリフに続いて台本を読み上げる。

『ソフトケーキの人気シリーズの新フレーバー、モンブラン味です。滑《なめ》らかな舌触りのマロンクリームをしっとりしたスポンジで挟んで、それをチョコレートでコーティングしています』

よし、噛まなかったし声も震えなかった。この調子で気をつけて話そう。

そう思った次の瞬間——

『俺、実は事前に味見させてもらったんですよ』

志波さんの口から台本にないセリフが飛び出し、私はギョッとして顔を上げた。

彼はこちらをジッと見つめたまま、思わせぶりな笑みを浮かべる。

私は予想外の展開にドキドキしながら、次の言葉を待った。

『まずねー、中のクリームが超美味《おい》しいです。凄く濃厚で、栗の甘さを前面に押し出してますね。「ザ・栗！」って感じかな。ところで塚口さん、これ、スポンジ部分にもマロンリキュールかなにかで風味づけしてありますよね』

『っは、はい、そうなんです。――ッ!?』

いきなり問いかけられて、声が上擦《うわず》ってしまった。

ヤバい!

サーッと青褪《あおざ》めた私の前で、志波さんが間を繋ぎながら台本の隅《すみ》をつつく。

そこには〝開発エピソードがあったらどうぞ〟とペンで走り書きされていた。

どうやら彼は、打ち合わせの時点でこうするつもりだったらしい。

『えっと、中のマロンクリームは――』

私はクリームの甘さやマロンリキュールの割合、スポンジの厚さについて試行錯誤《しこうさくご》したエピソードを明かしていく。少したどたどしかったけれど、志波さんの巧《たく》みな話術に引っ張られて、なんとか説明を終えた。

『コーティングに使っているチョコはちょっとビターテイストですね。クリームの甘さを絶妙に引き立てているこのチョコにも、開発スタッフの方々のこだわりが詰まってい
そうですが?』

志波さんが再び台本の隅《すみ》をトントンとつつく。

え、また喋《しゃべ》っていいんですか?

『チョコレートの部分は――』

私は開発にかけた情熱がリスナーさんに伝わるよう、一生懸命話した。

一通り話し終えたタイミングで、彼が引き継いでくれる。

『――最近のお菓子って甘さ控えめのものも結構出てますけど、今回の新商品は甘みがかなり濃厚ですね。でも甘さと苦さのバランスが良いお陰でクドくは感じないです。だから俺的には「疲れた、甘い物が食べたい！」ってときに、ぴったりのお菓子じゃないかなって思います』

『ありがとうございます』

そこから志波さんは台本通りの流れに戻し、コーナーのまとめに移行した。

私は台本を目で追いつつも、ニヤニヤ笑いを堪《こら》えきれない。

こんなに褒められるなんて思わなかった。こだわった部分を汲《く》み取ってもらえるなんて思わなかった。

仕事上のお喋《しゃべ》りだと分かっていても……嬉しい。

私の言いたいこと、伝えたいことを、彼は絶妙なトークで全部引き出してくれた。

開発に費《つい》やした努力や苦労が全て報われていくような、不思議な達成感が胸の中に満ちている。

心地《ここち》好い感覚にふわふわしていたら、ふと斜め前方に置かれた時計が目に入った。

気がつけば、収録の終了予定時刻まで残り一分を切っていた。

収録はリテイクなしで無事に終わった。

ヘッドホンを外して資料や台本をまとめ、Bスタジオを後にする。

次回の収録日時を確認してから、二人に頭を下げた。

すると志波さんが私の隣に並んだ。

「塚口さん。俺、途中までお送りしますよ」

松尾さんに見送られ、志波さんと二人でエレベーターホールへ向かう。

その途中、大仕事を無事に終えられて安堵《あんど》したからか、思っていたことがポロッと口から出てしまった。

「……プロって凄いですね」

頭一つぶん上にある志波さんの顔が、不思議そうに傾く。

「その……お菓子を一つ食べただけで、あれだけの感想が言えちゃうのって、凄いなって。台本には『新商品を食べた感想を言う』としか書いてなかったので……」

私は今日の収録で感じたことを正直に口にした。

こちらを見下ろす彼の顔が柔らかく綻《ほころ》ぶ。

「塚口さんこそ凄いと思いますよ」

「私ですか?」

「今日の収録は塚口さんに随分助けられました。俺が味の感想を言って、発売日の告知して、っていう内容だけだと、どう考えても尺《しゃく》が余っちゃいますから」

「それで私に開発エピソードの話を振ってくださったんですか」

「ええ。……やっぱりご存じなかったんですね」

今度は私が首を傾げる。

「この台本を用意した方は、恐らく塚口さんに沢山喋《しゃべ》ってもらうことを前提に作られてますよ」

「えっ」

「あえて自由度が高めに設定してあるといいますか、思いつくまま楽しく語ってほしいというような、上司の方々の意図を感じました。あくまで俺の推測ですけどね」

聞けば、私の会社からゲスト出演者が来る際、志波さんはときどきこういうタイプの台本を渡されることがあるらしい。

「課長や主任からはなにも……」

「素晴らしいご判断だと思いますよ。実際、台本を読み上げているときより、ご自身で考えて喋《しゃべ》っているときのほうが、塚口さんの声が弾《はず》んでいましたから」

「もしかして、打ち合わせでお菓子の感想を言ってくださらなかったのは……」

「事前に『こういう感想を言うので、こういう風に返してください』って提案してしまうより、本番で感想を伝えて新鮮なリアクションを取ってもらったほうが、塚口さんの声が活《い》きるような気がしたんです。アドリブを入れたのも似たような理由で、そのほうが会話も盛り上がるかなと思いまして」

プロの視点で素人《しろうと》の私を観察して、そう判断してくれたのか。

そして結果、成功したと。

やっぱりプロって凄いなぁ……

「でも、私が言葉に詰まってしまう可能性は考えなかったんですか？」

「生放送じゃないのでリテイクできますし、ちょっと間《ま》が空いたりしても編集で詰められますから。その辺りは松尾ディレクターの腕の見せどころですね」

「なるほど……」

何度も頷いていると、エレベーターの扉が軽やかな音を立てて開いた。

私に続き、志波さんも無人のエレベーターに乗り込んでくる。

わざわざ一階まで送ってくれるようだ。

奥の壁際に立つと、その向かいに立った志波さんが、ゆっくりと身を屈《かが》めた。私の顔をジッと見つめ、不意に甘い表情を浮かべる。

——密室を満たす空気が、一瞬で色めいたものに変わった気がした。

「し、志波さん？」

「開発にかけた情熱を一生懸命語る塚口さん、とても魅力的でした」

吐息《といき》交じりの声は、妙に魅惑的に響いた。

「あ、りがとう、ございます。お世辞《せじ》でも嬉しいです」

「お世辞《せじ》？　……やっぱり、塚口さんには通用しないのか……？」

志波さんがなにかを呟《つぶや》いて更に近づいてくる。

ちょっ……ち、近いです！

思わずジリッと身を引くと、背中が壁にぶつかった。

大きな手が私の顔の右側にトン、と突かれる。

艶《つや》やかな笑みを浮かべた志波さんと、至近距離で見つめ合う。

「塚口さんがあまりに素敵だから、言わずにはいられないんです……出逢ったばかりなのに、俺はこんなにも貴女に惹《ひ》かれてる」

色気がたっぷり含まれた美低音が囁《ささや》く。

私がその言葉の意味を呑み込むより、彼の行動のほうが早かった。

志波さんがそっと目を伏せ、眼前に美貌が迫る。

間《ま》を置かず、唇に柔らかなものが押し当てられた。

「っ⁉」

「……可愛い」

一旦離れたそれがまた重なる。

――キス、された。

……………キスされてる!?

理解が追いついた途端、私は無意識に右手を上げていた。

パァン!

「――ッ!」

左頬に平手打ちをくらった彼が、よろめくように一歩下がる。

私は彼を引っぱたいた右手で、バクバク跳ねる胸をギュッと押さえた。

「セ、セクハラです!」

志波さんは何故か、目を見開いて呆然としていた。

数秒後、その顔に戸惑いの色を浮かべる。

こちらに探るような視線を向けているが、その意味は分からない。

私は顔を熱くしたまま、志波さんをキッと睨《にら》み上げた。

ほどなくしてエレベーターが一階へと到着した。

私はおざなりに頭を下げ、逃げるようにエレベーターを飛び出すと、そのまま早歩きで出入口へ向かった。

自動ドアが開いた瞬間、ムワッとした熱気が全身を包む。けれど、今の私にそれを気にする余裕はない。

建物の角を曲がり、出入口が完全に見えなくなったところで、近くにあった街路樹の陰によろめきながら入る。

ひんやりとした幹に片手を突いた直後、その場にへなへなとしゃがみ込んでしまった。

「な、なんなの……え、ありえないでしょ、待って、えーと……」

今更のように頭の中が混乱してくる。

耳に残る色っぽい声の余韻《よいん》と、唇に残る柔らかな感触が消えるまで、私は立ち上がることができなかった。

2

五日後の土曜日の夜、私の声は無事にラジオの電波に乗った。

そして今日は月曜日。私は会社で通常業務をこなしている。

初めてラジオ局を訪れた日からちょうど一週間。

気持ちを落ち着けるには充分な時間が経ったはずだ。でも未だに志波さんのことを『気障《きざ》！』と引きぎみに見る私と、『格好良かった！』とポワンとしちゃう私が、胸の中でせめぎ合っていた。

……気障《きざ》な言葉については、まあ辛《かろ》うじて許容できる。

ああいうセリフをサラッと口にできるのは、きっと志波さんが人目を引く華やかな外見の持ち主だからだろう。

いかにも言い慣れていそうだったから、この想像は恐らく合っていると思う。

見た目の格好良さと、美低音の魅惑的な声があるからこそ許されるんだろうな。

私は自分の席から、そっと周囲を窺《うかが》った。

数人の社員が、少し離れたところにある主任のデスクを囲み、新商品のパッケージデザインについて話し合っている。

……もしあの気障《きざ》な言葉の数々が、同僚や上司の口から囁《ささや》かれたものだったら――

ドン引きだな。うん。

想像しただけなのに、ゾワゾワッとしてしまった。

鳥肌の立った腕をゴシゴシと擦《こす》る。

そんな私の様子が目に留まったのか、背後から声をかけられた。

「塚口《つかぐち》っちゃんも寒いの？」

「あ、根谷《ねや》さん」

振り向いた私は、苦笑しながらペコリと頭を下げる。

話しかけてくれた彼女――根谷香与子《かよこ》さんは、微笑みながらその手に持った膝掛《ひざか》けを軽く上げた。

根谷さんは私の三つ上の先輩社員だ。この菓子食品マーケティング部二課に配属されて以来、とてもお世話になっている。

ここでの仕事内容は全部彼女から学んでいると言っても過言ではないくらいだ。

根谷さんのことは一人の女性としても尊敬している。特に今のような、人のちょっとした仕草を見て気を使ってくれる細やかさは、同性として見習いたい。

「さっき高村《たかむら》主任がエアコンの設定温度を下げてたから、ロッカーから急いで膝掛《ひざか》けを持ってきたの。一つ予備があるけど、良かったら使う？」

「大丈夫です。ジャケット着てますし、手持ちの膝掛《ひざか》けもあるので」

そう返事をして、デスクの下にある自分の膝掛《ひざか》けを指差す。

根谷さんは頷くと、私のほうに歩み寄ってきた。

「外回りから戻ってきて暑いのは分かるけど、ちょっと温度下げすぎだよねー？」

「おーい根谷ー。聞こえてるぞー」

「ヤダ高村主任、地獄耳《じごくみみ》ですね！」

「お前、最初から聞かせるつもりだっただろう」

「あ、分かっちゃいました？」

根谷さんと主任のかけ合いが始まる。

これは二課の日常としてすっかり定着している光景だった。

当人達はポンポンと文句を言い合っているものの、険悪な雰囲気は全くない。以前根谷さんから聞いたんだけど、どうやら彼女、主任のことが好きみたいなんだよね。

対する主任のほうも満更《まんざら》でもなさそうに見える。実際今も近くにいる男性社員から「痴話喧嘩《ちわげんか》は早めに終わらせてください」とか言われて、ちょっと照れているし。

……恋愛かぁ。いいなぁ。

席に戻って膝掛《ひざか》けを広げる根谷さんと、男性社員達との話し合いを再開させた主任。そんな二人を交互に眺め、私は小さく溜息をついた。

資料を目で追い、キーボードの上で指を走らせながら、頭の中では別のことを考える。

――私には恋愛経験がほとんどない。

中学と高校は女子校だったから出会いそのものがなく。大学生の頃ようやく彼氏と呼べる人ができたけれど、交際は二週間ももたなくて……それからはずっとフリーだ。

彼氏が欲しいと思い続けているのになかなかできないのは、友人曰《いわ》く『私の理想が高すぎるせい』らしい。

私が相手に求める条件は、優しいことと、誠実なことの二つだけなんだけどな……。

理想といえば、昔の私はラジオでリスナーの相談に乗る志波さんのことを、とても真《しん》摯《し》で誠実な人だと感じていた。

だからこそ憧れていたんだけど……

本物の彼は、あんなことを平気でしてくるくらいだから、とても誠実とは言えないよね……

「はぁ……」

手を止めて、椅子の背もたれに上半身を預ける。

電話の応対をする根谷さんの声を聞きながら瞼《まぶた》を閉じると、先週初めて見た志波さんの姿が頭に浮かんだ。

……いくら想像より素敵な外見だったとしても、優しい言葉をかけてくれたとしても、初対面の女性にいきなりキスしてくる人に、誠実さなんて求めるだけ無駄なんだろうな。

でも、平手打ちは明らかにやりすぎだ。

言葉や態度で示すとか、他にいくらでもやりようはあったのに、どうして志波さんの頬を思いっきり引っぱたいちゃったんだろう。しかもその後、全力で逃げちゃったし。

ああ……気が重い。

初回の収録に行く前は、ドキドキとワクワクでいっぱいだった。けれど今は、とにかく気まずい。

志波さんは私のこと、絶対に暴力女だって思ってるよね……

「塚口っちゃん。お電話だよ」

根谷さんに呼ばれて、意識がパッと現実に切り替わった。姿勢を戻してそちらを向く。

そこで私は根谷さんの様子が妙であることに気がつき、首を傾げた。

「……？」

根谷さんは仕事のできる先輩だ。電話を取り次ぐときは、相手の名前やざっくりした用件などを確認した上で、それを私に伝えるはず。

なのに彼女は今、頬を上気させてポーッとしている。いつも明るく輝いている瞳も、熱っぽく潤《うる》んでいるように見える。

一体なにが……？

「どなたからですか？」

「志波さん、という方から……」

え、志波さん!?　用件はなんなの？

根谷さんの声が上擦《うわず》っているのも気になるけれど、相手を電話口で待たせるわけにはいかない。

私は直前までの考えごとや疑問を一旦胸の中に収め、受話器を手に取った。

「お待たせいたしました。塚口です」

『――ああ、塚口さん』

艶《つや》をはらんだ声に、ドキン、と心臓が跳ねる。

月曜日の真っ昼間からなんて声を出してるのよ、この人は……！

『一週間ぶり。相変わらず可愛い声だね』

早速《さっそく》甘いセリフを浴びせられて、耳と胸の奥がムズムズする。

頬を叩かれたこと、怒ってないのかな。

……もしかして、キスにまつわる一連の出来事を全部なかったことにされてる⁉

お、落ち着け、私。今はとにかく仕事モード！

「……お世話になっております。恐れ入りますが、まずご用件を伺《うかが》ってもよろしいでしょうか？」

『そんなに畏《かしこ》まらないでよ』

「仕事ですから」

『つれないなぁ』

努めて冷静に発した言葉は、必要以上にツンツンしてしまった。

しかし志波さんは、私の塩対応にめげるどころかクスクス笑っている。

「……っ！」

私は思わず受話器を少し耳から離した。

電話でのやり取りなのに、まるで吐息《といき》交じりの囁《ささや》きを直接耳に吹き込まれたようで、なんだか変な気分になりそうだ。

そんな風に考えていると、志波さんが声の雰囲気をガラリと変化させた。

『先週は初回の収録にお越しいただきまして、ありがとうございました。第二回の収録ですが、先日お伝えしました通り、明日の十三時から行《おこな》う予定です。念のためもう一度確認をと思いまして、こうしてお電話させていただいたのですが……』

「……それはご丁寧に。ありがとうございます」

無意識に返事をしていた。社会人としての癖のようなものだけど、お陰で助かった。

もう、なんなの⁉　内容も口調も声色《こわいろ》も、さっきとギャップありすぎでしょ！

『第二回も塚口さんがおいでになるんですよね？』

「はい。そのつもりですが」

『……良かった』

「……？」

『いえ、実は次回収録分の台本なのですが、ちょっとご相談したい部分がありまして。詳しくは明日の打ち合わせのときにお話しします』

その後は普通のやり取りが続き、何事もなく電話を終えられた。

けれど……彼が真面目な口調で話をしている最中も、私の心はずっとざわついたままだった。

昼休み。

根谷さんとランチに出かけた私は、彼女の様子がおかしいことを確信した。

午前中……正確に言えば志波さんからの電話を取り次いだ辺りから、根谷さんはずっとぼんやりしている。業務をテキパキとこなす普段の彼女を知っているだけに、近くにいた同僚達もその様子に困惑していた。

主任に呼ばれても返事をしない根谷さんなんて、根谷さんじゃない。

……原因は、きっとあの電話だ。

そう思って、詳しい事情を聞き出すために、外に連れ出したんだけど――

「志波さんって素敵ね……」

うっとりとした表情の根谷さんが口にした言葉に、私は飲んでいたアイスティーを噴き出しかけた。

ゲホゲホとむせる私を前にしても、彼女は相変わらずポーッとしている。

どうやら根谷さんは、電話口でちょっとお喋《しゃべ》りしただけで、彼に好意を抱いてしまったらしい。

「一体どんなことを話したんですか」

「『知的な声ですね』って、褒めてくれたの。あとは秘密……」

根谷さんは、ほう、と吐息《といき》を漏らしながらパスタをフォークに巻きつけている。

そんな彼女に私は恐る恐る聞いてみた。

「主任のことは、もういいんですか……？」

「……主任？」

「その電話の前まで空調のことでポンポン言い合ってた根谷さんが、突然ぼんやりし始めちゃったから、『調子が悪いのか？　大丈夫か？』って凄く心配してましたよ。汗をかいてるのにエアコンの温度を上げてくれてましたし」

私は真正面からジッと見つめ、彼女の様子を窺《うかが》う。

根谷さんは沈黙したままパチパチと目を瞬《また》かせた。

ほどなくして、その表情が普段の快活なものへと変わる。

「……高村主任、そんなに心配してくれてたんだ。悪いことしちゃったな」

その言葉を聞いてホッとした。

良かった。いつもの彼女が戻ってきた。

そこで根谷さんが手元に視線を落とし、ギョッとする。無意識のうちに、フォークにパスタを巻きつけすぎていたらしい。

そんな彼女を眺めながら、私もパスタを口に運ぶ。

……志波さんは根谷さんと、どんな話をしたんだろう。

打ち合わせのとき私に言ったような気障《きざ》なセリフを、彼女にも囁《ささや》いたのかな。

さっきの根谷さんの変わりようを見るに、私に言ったものよりずっと魅惑的なセリフで誘惑したのかもしれない。

そんな風に想像した直後、胸の中にモヤモヤしたものが湧き上がった。

……私だけじゃなく、根谷さんまで口説《くど》こうとするなんて。

やっぱり志波さんは理想の男性なんかじゃない。軽くてチャラい遊び人だったんだ。

「……別にいいけどさ」

彼が誰になにを言ったとしても、私に文句を言う権利はない。

ましてや彼がどんな女性に興味を持つかなんて、私には関係ないことだ。

だって私は、ただの仕事相手だもの。

――ツキン、と胸の奥が痛む。

けれど、私はその痛みを無視した。

志波さんと会う機会は、あと三回ある。

……その三回だけ頑張ろう。

まず先日の平手打ちのことを謝って、和解できるように努力しよう。

謝罪を受け入れてもらえたら、これ以上彼に深入りしないように公私の線引きをして、ビジネスライクなお付き合いをしよう。

私は胸に湧いたモヤモヤをアイスティーと一緒に呑み込んで、残り少なくなったパスタを口に運ぶのだった。


志波さんから電話があった翌日。

私は前回とは違う緊張感に包まれながら、ラジオ局のあるビルを見上げていた。

謝罪は、できれば収録前に済ませたい。

二人きりになれるタイミングはあるかなぁ……

でも、それって謝るチャンスと同時にピンチでもあるんだよね。なにせ彼は初対面の私に向かって気障《きざ》なセリフを重ね、キスまでしてきたのだ。

志波さんと二人きりになったときは、いろいろな意味で気をつけなきゃ。

そんな風に、そわそわしつつも気合を入れてラジオ局を訪ねたんだけど――

今回はディレクターの松尾さんも最初からいて、打ち合わせは拍子抜けするほど普通に始まった。

お陰でピンチは回避できたけど、謝罪のチャンスも逃しちゃった……

内心で頭を抱えながら打ち合わせに臨《のぞ》む。

志波さんが電話で言っていた『相談したい部分』については、松尾さんが説明してくれた。

どうやら前回の放送に関するメールが沢山送られてきていて、それをできるだけ捌《さば》きたいらしい。

「一部のメールはゲストコーナー後の生放送の時間に取り上げたんですが……」

「聴いてました。番組後半のメール紹介のコーナーですよね」

私は志波さんに頷き返しながら、先週土曜日の放送内容を思い出し――込み上げてくる気恥ずかしさを誤魔化《ごまか》すように俯《うつむ》いた。

脳裏《のうり》に蘇《よみがえ》ったのは、新商品とは無関係なメールのことだ。

『はい、「ラジオネーム：鳴門《なると》ファンバスティン」さん。いつもありがとうございまーす。「ゲストさんのスリーサイズを教えてください」ぃ？　いやマズいって。そんなの聞いたら俺がセクハラで訴えられるでしょ。っていうか、鳴門ファンバスティンさんって女性ゲストのときは必ずこの質問してくるよね』

……志波さんが常識的なコメントを返してくれて良かった。

でも、本当にそんなメールを送ってくる人がいるの？

冗談にしてもちょっと理解できない。

『次いきまーす。「ラジオネーム：にゃおにゃお」さん。「志波兄さん、こんばんは！」、はい、こんばんはー。「突然ですが、このセリフを心を込めて言ってみてください」……んー、これは今夜のゲストさんにちなんだ内容だねー。じゃあいきます。コホン。――

『甘いお菓子よりも君を食べたいな』』

……あのリクエストは一体なんだったんだろう。

というか、セリフの内容も相当アレだけど、セリフ以上にあの声が反則だった。聴いた瞬間、部屋のテーブルに突《つ》っ伏《ぷ》して身悶《みもだ》えてしまった。高校生の頃と全く同じリアクションを取るなんて、我ながら成長していない。

「――俺が答えられないような、お菓子についての質問なども結構届いてまして」

志波さんの声が耳に届き、意識が現実へと戻る。

彼の隣に座る松尾さんが、メガネのブリッジを指で押し上げながら口を開いた。

「そこでご提案なのですが、台本の内容を全体的に詰めて進め、空いた時間に塚口さんが質問メールに答えるというのはどうでしょう」

志波さんが頷いて私に言う。

「もちろん、俺が全面的にサポートします。進行は任せてください」

「そういうことでしたら、ぜひ」

志波さんの〝喋《しゃべ》り〟への信頼は、先日の収録で増している。

あっさり了承した私を見て、志波さんが思わずといった風に破顔《はがん》した。

「俺のことを信頼してくださって、ありがとうございます」

「……いえ……」

私はサッと俯《うつむ》く。

彼があまりにも嬉しそうで、笑顔もキラキラ輝いていて……眩《まぶ》しくて、とてもじゃないけれど直視できない。

そこで、松尾さんが新たな資料を差し出す。

「先週届いた質問メールをプリントアウトしたものです。こちらから塚口さんが回答できそうなものを選んでいただければ」

「そうですね、えっと――」

こんなやり取りの後、私は質問メールをピックアップして、二度目の収録に臨《のぞ》んだ。

収録ブースでの二十分間は、前回と同様――いや、もしかしたら前回以上にあっという間に終わってしまった。

志波さんが松尾さんのハンドサインに頷き、私に笑顔を向ける。

「――はい、お疲れさまでした」

「お疲れさまでした」

私はホッと息をつき、ヘッドホンを外した。

「ところで塚口さん。昨日電話を取り次いでくれた彼女……あの後どんな様子でした？」

唐突にそんなことを聞かれてドキッとした。

収録が終わって気の緩《ゆる》んだタイミングで尋ねてきたのは、狙ってなのか、無意識なのか。

……志波さんの思惑なんて、私には分からない。

だから平静を装《よそお》い、テーブルに広げた台本や資料をまとめて立ち上がった。

「……ちょっとポワッとしてましたけど、昼休みには普通に戻ってました」

「へぇ……好きな相手が、それもかなり強い好意を抱いている相手がいるんですね」

「おい、幸弥」

機材の操作をしていた松尾さんが、私達の会話に口を挟んだ。その表情は訝《いぶか》しげにも、呆れているようにも見える。

でも私は松尾さんの反応より、志波さんの発言のほうが気にかかった。

どうしてちょっと電話しただけで、『好きな相手がいる』なんてことが分かるんだろう。

「何故そう思ったんですか?」

心に湧いた疑問を素直に口にすると、志波さんから「ただの勘だよ」と簡潔な答えが返ってきた。

三人で収録スタジオを出て、軽く次回の打ち合わせをする。

その後は前回と同じように局の入口で松尾さんに見送られ、志波さんと一緒にエレベーターホールへ向かった。

……謝罪するなら今だろう。

でも、なかなか言い出せない。

気まずいっていうのも理由の一つだけど……それ以上に、昨日の根谷さんの様子を思い出したことで、胸の中がモヤモヤしていた。

口に出す気はなかったのに、思わずポツリと呟《つぶや》いてしまう。

「……やっぱり、あの声でなにか言ったんだ……」

その独り言は志波さんの耳に届いてしまったらしい。

エレベーターの呼び出しボタンを押した彼が、私の隣に戻ってきて、不意に身を屈《かが》めた。

「あの声って……」

耳元に吐息《といき》がかかる。

「この声のこと？」

――ゾクッとした。

そう、これだ。普通の会話の中に急に織り交ぜられる、色っぽい声。

先週初めて会ったとき、帰りのエレベーターの中で囁《ささや》かれた声。

この魅惑の声を耳に吹き込まれると、状況にかかわらずドキッとしちゃうんだ。

今だって、ある程度は心の準備をしていたし、身構えていたつもりだった。

なのに囁《ささや》かれた途端、心臓は早鐘《はやがね》を打ち始めてしまう。

「電話口でなにを喋《しゃべ》ったか、気になる？」

「っ……」

「塚口さんは本当に可愛いな」

吐息《といき》交じりの美声を受け止めた耳が、カァッと熱を帯《お》びる。

そのとき――私達の背後でドサリと音がした。

振り向くと、一人の女性が手荷物を床に落としてヘナヘナと膝《ひざ》から崩れ落ちていた。

私を支配しかけていた妙な感情が、驚きへと塗り替えられる。

「大丈夫ですか⁉」

私は咄嗟《とっさ》にしゃがみ込んだ。

女性は床に座ったまま、ポーッとした表情で志波さんを見上げている。

……え？　この表情、昨日の根谷さんと同じ……？

私はなおも女性に声をかけようとした。しかし志波さんにグイッと肩を抱かれ、到着したエレベーターの中に連れ込まれてしまう。

「ちょっ……あの人をあのまま放っておくなんて……っ」

「一言だけなら、すぐに立てるようになる。彼女のためにも今は離れたほうがいい」

志波さんは私を一瞥《いちべつ》し、扉の横のボタンを手早く押す。

そして密室になった空間で、溜息交じりに呟《つぶや》いた。

「はぁ……あの人の反応のほうが普通なんだけどな」

「……どういうことですか」

私は一歩退《ひ》いて、困惑しながら志波さんを見上げた。

すると彼は、笑みを浮かべてこちらを見下ろしてくる。

「塚口さんが俺にとって特別な存在だってこと」

……全く意味が分からない。

「打ち合わせのときの真面目な顔も、収録中の楽しそうな笑顔も、今みたいな困り顔も可愛いね。ちょっと顔が赤いところが特に良い」

打ち合わせ中に真面目な顔をするのは当たり前だ。

収録中はお喋《しゃべ》りが弾《はず》むから、つい笑みが零《こぼ》れてしまうこともある。

困り顔は、まさにいま困っているからで……

頬が赤いのは、志波さんの声に色気がありすぎるからです！

ゾクゾクする耳を押さえ、もう片方の手で胸元のファイルケースをギュッと抱く。

落ち着け、私。彼のペースに呑み込まれちゃダメだ。

この妙に魅惑的な声で繰り出される褒め殺し攻撃は、前回くらって懲《こ》りているじゃないか。

今もちょっとだけグラッとしちゃったけれど、もう流されないぞ。

それにやっぱり……本心から口説《くど》かれているとは思えない。

初回の収録を通して、志波さんの凄さを実感した。

今のような軽い言動とは対照的に、真面目に仕事に向き合う彼は、昔から私が憧れていた姿そのものだ。

だからこそ、軽い気持ちで振り回されて、嫌な気分になった。

志波さんへの憧れの気持ちが、自分で思っていた以上に強かったから、彼が根谷さんを誘惑したことにイラッとした。

今の褒め言葉に対してもそう。

志波さんにとって私は、気安く手を出せる軽い相手でしかない。その事実を突きつけられているようで……彼のイメージが私の理想の男性像から離れていく気がして……勝手に憧れたくせに、裏切られたような気持ちになっている。

志波さんは誰に対してもこういう態度なんだと感じて、悲しくなってしまう。

「今日の塚口さんの服装も、よく似合って――」

「志波さん」

私が彼の言葉を遮《さえぎ》ったタイミングで、エレベーターの扉が開いた。

「先日は失礼なことをしてしまい、すみませんでした」

志波さんに向かって深くお辞儀《じぎ》をする。

顔を上げたら、戸惑った表情を浮かべる彼と目が合った。

「……差し出がましいようですが、一つだけ言わせてください。口説《くど》き文句を安売りすると、本当に好きな人ができたときに信じてもらえなくなりますよ」

「……」

「それでは、次回もよろしくお願いします」

志波さんの脇をすり抜けて、エレベーターの外に出る。

しかし、そこは一階のロビーではなかった。見覚えのない薄暗いフロアに、私は立ち竦《すく》んでしまう。

「あれ？」

「――ここは二階だよ」

志波さんがエレベーターから降りてくる。

二階フロアは、どうやら使われていないらしい。人の気配が全くなく、奥に見えるガラス扉の向こう側も薄暗かった。

もう一度エレベーターに乗り込もうとしたけれど、少し遅かったようで、目の前で扉が閉まってしまう。

私は横にあるボタンに手を伸ばした。

「塚口さん」

「きゃっ」

急に肩を掴《つか》まれ、身体がフラリとよろめく。

やや強引に後ろを振り向かされて、エレベーター横の壁に背中を押しつけられた。

志波さんが私を追いつめるように、肩の脇に両手を突く。

彼の腕に囲われた格好で、どこにも逃げ場がない。

っていうか近い！　近いから！

「お、大声を出しますよっ」

すぐそこには階段がある。ここで騒げば上下の階まで響くだろう。

しかし、その必要はなかった。

「この前は、ごめん。……でも後悔はしてないんだ。キスしたかった気持ちは本当だから」

謝罪とも開き直りとも取れる発言に、目をパチパチさせる。

その意味がやっと理解できると、無意識に身体から力が抜けてしまった。

私は小さく溜息をつく。

「――別にいいですよ」

正直かなりショックだった。

でも私は思春期の純情乙女じゃないし、あれがファーストキスでもない。ただの事故だと思えばいい。

「私のほうこそ過剰防衛してしまって……」

「俺は平気。それより本当に怒ってない？」

「……謝罪していただけたので」

「良かった」

志波さんがホッと表情を緩《ゆる》める。

「じゃ、連絡先教えて。仕事用じゃなくてプライベートのほうね」

ニコリと微笑まれて、つい顔が引きつった。

……どうやら冗談ではないらしい。

「ほら、早く。教えてくれるまで放してあげないよ」

そんな無茶苦茶な。っていうか軽いな！

「……強引すぎません？」

「なにもしないでいたら、あと二回の収録で塚口さんとの関係は終わる。俺は塚口さんのことをもっと知りたいし、俺のことも知ってほしい。縁を切りたくないんだ。ってことで――」

はいスマホ出して、と美低音の声が言う。

それから少しやり取りした後——私は結局、志波さんと連絡先を交換してしまった。

私みたいな普通女子のアドレスをそこまで知りたがる人が珍しかったというか……手を替え品を替えお強請《ねだ》りしてくる彼に、女心をくすぐられたのかもしれない。

でもそれ以上に、志波さんの押しの強さに負けた。

彼は私が「プライベートで会う気はない」と断っても、「連絡をもらっても返信しないかも」と渋っても、「それでも構わない」とニコニコしていたのだ。

志波さんが満足げに自分のスマホを仕舞う。

私はファイルケースを抱え直し、彼に軽く頭を下げた。

「では会社に戻りますので……」

ところが、別れの挨拶《あいさつ》は志波さんに遮《さえぎ》られてしまう。

「まだダメ。もう少しだけ、このままで……帰したくないんだ」

吐息《といき》がかかりそうなほどの至近距離から、あの魅惑的な声で囁《ささや》かれる。

そして見つめ合うこと数秒——

「……やっぱり変化なしか」

彼はそう呟《つぶや》いて、私の肩に額《ひたい》を乗せた。

ブラウスに溜息がかかる。

「耐性があるのは嬉しいんだけどさ……効かなすぎて困るなんて想定外……」

「な、なんの話――」

「塚口さん、俺のことどう思う？　俺のこの声を聞いても、なにも感じない？」

……声？

それより今は、この体勢をどうにかしてほしい。

直接触れているのは彼の額だけなんだけど、全体的に近すぎるでしょ。恥ずかしすぎていたたまれないよ……！

「志波さん、とりあえず離れてくださいっ」

「嫌だ。答えを聞くまで動かない」

答えって、志波さんの声をどう思うかってことだよね？

「こっ、声は……低くて優しい、素敵な声だと思います」

「それだけ？」

「えっ……えーと……ときどき色っぽい、です……？」

志波さんはやや間《ま》を置いてから、はぁっと息を吐いて顔を上げた。

「この間『彼氏いない』って聞いたから立候補したいって言ったんだけど、実は片想い中とか、とにかく大事にしている相手がいるのか？」

「え、なっ、いませんけど、っ」

「じゃあ、今は仕事が楽しいから恋愛に全然興味が湧かないとか？」

「そんなことは……」

「なら」

志波さんの唇が耳元に寄せられる。

「俺のこと、もっと男として意識してよ」

――それは頭の芯に響くような声だった。

今まで聞いた中でも一、二を争うくらいの艶《つや》っぽさだ。

「真帆」

「ひゃ……っ」

吐息《といき》交じりの美声で名前を呼ばれた瞬間、全身が温度を上げた。

足がフラリとよろめく。

私が膝《ひざ》から崩れ落ちる直前、力の抜けた腰に志波さんの腕が回された。

支えられたというより抱き寄せられたような体勢――それだけでも充分すぎるくらいドキドキするのに、吐息《といき》に耳をくすぐられ、背筋がゾクゾクしてしまう。

「名前を呼ばれるのが好きなのか？　良いこと知ったな」

志波さんは追い打ちをかけるように、私の耳にキスをした。

「んッ」

私は思わず首を竦《すく》ませる。

「そんなに可愛い反応されると、理性が飛びそうになるんだけど」

艶《つや》やかな声が耳元で囁《ささや》く。

腰を抱いているほうとは反対側の手が、私の肩に触れた。指先で首筋を緩《ゆる》く撫《な》で、顔のラインまで這《は》い上がってくる。

顎《あご》を取られてクイッと上を向かされた。

「真帆、付き合おうよ。……嫌ならちゃんと拒《こば》んで」

視線が絡み合う。

熱を孕《はら》んだ瞳が瞼《まぶた》で隠れると同時に――唇が重なった。

私の反応を窺《うかが》うような、機嫌を取るような、優しいキス。

強く拒《こば》むことも、積極的に受け入れることもできなくて、ギュッと瞼《まぶた》を閉じる。

ファイルケースが床に落ち、薄暗いエレベーターホールに無機質な音を響かせた。

触れた唇が少しだけ離れ、再び重なる。

そのまま角度を変えて繰り返し啄《ついば》まれた。

私を抱く腕の強さや胸板の硬さ、唇に与えられる柔らかな感触。思考がじわじわと彼一色に染まっていく。

やがて彼の舌先が、そろりと口内に滑《すべ》り込んできた。

「ん、っ」

思わずくぐもった声が出てしまう。

その直後、唇の内側を舐めるように動いていた舌が、一気に大胆さを増した。

「う、んッ……！　待、っ……ん、んんっ……！」

咄嗟《とっさ》に顔を背《そむ》けようとしたけれど、志波さんは放してくれない。

それどころか、ますます積極的に口内を探り始めた。

舌を絡め取られ、ねっとりと擦《こす》り合わされる。

僅《わず》かに開いた唇の隙間《すきま》から、濡れた音がピチャリと漏《も》れ響いた。

「もっと強く嫌がらないと、調子に乗るけど……良いのか？」

志波さんが腕にグッと力を込め、震える私を更に強く抱き寄せる。

そのはずみで、自分でも驚くくらい甘ったるい声が出てしまった。

「あ……ふ、っ……！」

「ヤバい……可愛すぎ」

艶《つや》めいた囁《ささや》きとともに再開されたキスは、それまで以上に深い。

顎《あご》に触れていた手がスルリと滑《すべ》り、耳をくすぐる。そのまま首筋へと伝《つた》い下りた手は、ブラウスの上から胸の膨《ふく》らみを包み込んだ。

「……ん、っ……やっ……！」

「声、響くから気をつけて」

短く囁《ささや》いた志波さんに、また唇を奪われる。

舌の感触に気を取られた途端、胸の膨《ふく》らみをそっと揺らされた。

彼の大きな手が、まるで形や大きさを確かめるように動く。思わず全身をビクリと跳ねさせると、もう一方の手で腰や臀部《でんぶ》をゆったりと撫《な》でてきた。

口内では、肉厚な舌が強引さと甘さを絶妙に織り交ぜながら動いている。

「んっ……は、ぁっ、んんッ……！」

あちこちを同時に攻められて、全身がまたたく間に体温と感度を上げた。

……どうしよう。拒《こば》めない。

気持ち悦《よ》くて背筋がゾクゾクする。ドキドキして堪《たま》らない。

鼓動が速すぎて心臓が壊れそう――

「真帆」

艶《つや》めいた美声を耳に吹き込んだ志波さんが、その唇を首筋に滑《すべ》らせる。

何故だろう。名前を囁《ささや》かれると、濃密なキスを与えられるよりも感じてしまう。

胸元へと這《は》い下りる濡れた舌や、服越しに身体を弄《まさぐ》る指より……この声に身体が昂《たかぶ》ってしまう。

「真帆……」

「ん、んっ……！」

逞《たくま》しい身体から伝わる体温が、仄《ほの》かに鼻をくすぐる彼の匂いが、私の理性を奪っていく。

もうなにも考えられない――

思考を放棄した私は、震える手で志波さんの腕にキュッとしがみついた。

数分か、もしかしたら十分以上が過ぎてからか。

志波さんに身体を解放されたとき、私の息はすっかり乱れきっていた。

「口紅、取れちゃったな」

唾液《だえき》で濡れた私の唇を彼の熱い舌がペロリと舐め、ゆっくりと離れていく。

その代わりのように抱き締め直されて、私は志波さんの胸板に顔を預ける。

薄いシャツ越しに彼の鼓動を感じた。

「ん……」

余韻《よいん》を味わうような無言の時が流れる。

状況にぼんやりと身を任せていたら……彼に言われたことが、今更のように頭に浮かんできた。

『付き合おうよ』

その声を思い出すと同時に、耳の奥で別の声が響く。

『真帆ちゃん、俺と付き合わない？』

その言葉で元彼に告白されたときの情景が脳裏《のうり》を過《よぎ》った。

大学のサークル仲間だったあの人も、知り合ったばかりの頃にキスを迫ってきた。

私は彼の勢いに押されて初体験まで進んでしまい、事後のベッドの中で短い告白を受けたのだ。

でも……あの人は、いっそ清々《すがすが》しいくらいに身体目当てで。

後から気づいたことだけれど、〝仲を深める〟とか〝恋心を育《はぐく》む〟といった精神的な交流は、一切いらないと思っているタイプだった。

そんな彼の態度に、私のほうもあっという間に醒《さ》めて、二週間も経たずに別れてしまった。

――元彼の声と志波さんの美声が、頭の中で交互に響く。

二人は言うまでもなく別人だ。

頭の片隅《かたすみ》に残った冷静な部分がそう主張するけれど、混乱のほうが強くて、どうしても二人を重ねてしまう。

憧れの相手に迫られて、キスされて、触れられて。

今もこうして抱き締められているのに、素直に喜べない。

志波さんに〝簡単に落ちそうな女〟だと思われたことがショックだし、彼が女の子を身体から籠絡《ろうらく》するタイプだと知ってしまったことも辛い。

敗北感か、それとも悔しさか、ただ単純に悲しいだけなのか。

マイナスの感情が心の底にヒタヒタと溜まり、胸の奥を少しずつ冷やしていく。

堪《こら》えきれず、目頭がどんどん熱を帯《お》びていった。

「……私、男の人からは、っ……相当尻軽で単純な女に見えるんですね」

無意識に零《こぼ》れた呟《つぶや》きに、自分自身が打ちのめされた。

私が泣いているのに気づいたらしい志波さんが、腕の力を緩《ゆる》めた。

「真帆？」

「下の名前、勝手に呼び捨てにしないでください」

冷たい言葉で彼を突き放す。

「私……志波さんに、ずっと憧れてました。高校生の頃、週一のラジオ番組で志波さんの声を聴くのが本当に楽しみだったんです」

褒められて嬉しかった。

抱き締められてドキドキした。

キスされて悦《よろこ》んだ。

彼を受け入れるような態度を取ったのは私なのに、今更拒《こば》むなんて自己中だ。

そう躊躇《ためら》う私が確かに胸の中にいるのに——言葉が止まらない。

「でも幻滅しました……こんなに軽い人だなんて思わなかった……！」

志波さんの視線を感じる。けれど俯《うつむ》いた顔を上げられない。

気まずい沈黙がどれくらい続いただろう。先に口を開いたのは志波さんだった。

「ごめん。泣かせるつもりはなかった」

「……別に、泣いてません……っ」

そう言った瞬間、涙がポロッと零《こぼ》れてしまった。

咄嗟《とっさ》に瞼《まぶた》をギュッと閉じる。

しかし一度決壊してしまった涙腺《るいせん》は、ますます目頭を熱くする。

志波さんの胸に抱き寄せられて、僅《わず》かに空いていた距離が再び縮まった。

火照《ほて》ったままの身体は、柔らかな抱擁《ほうよう》を心地《ここち》好いと感じている。

その一方で、こじれた感情はこの温もりをはねのけたいと訴えていた。

「っ……放して、ください……」

志波さんは答えない。

そのことに、安堵《あんど》と苛立《いらだ》ちを覚えた。

私はどうしたいのか。彼にどうしてほしいのか。……自分でも分からない。

頭の中はぐちゃぐちゃだ。

「もう、会社に戻らないと」

涙交じりの声では、それだけ言うのが精一杯だった。

実際、収録を終えてからどれくらいの時間が経っているんだろう。会社では午後の業務が待っている。いつまでもここでこうしているわけにはいかない。

それなのに私を抱く腕の力は弱まるどころか、再び強くなった。

「泣かせたまま帰すなんてできない」

「ッ……、勝手すぎます」

私は短く返す。

それ以上なにかを言うと、声に嗚咽《おえつ》が交じりそうだった。

「俺は真帆のこと、凄く真面目な子だと思ってる。これだけいろいろしてるのに、全然なびいてくれないしね」

後頭部に置かれた手が髪を撫《な》でる。その手つきはとても優しい。

「っていうか俺、結構真剣にアプローチしてたつもりだったんだけど……伝わるどころか幻滅されたのか……」

自嘲《じちょう》めいた声が降ってくる。

小さな溜息が私の髪を揺らした。

「言葉を操《あやつ》る職業人として失格だな。……なぁ、どうすれば真帆は振り向いてくれるんだ？」

「……それを私に聞くんですか」

「本人から教わるのが一番確実だから」

志波さんはそう囁《ささや》いたきり、口をつぐんでしまった。

薄暗いエレベーターホールに沈黙が落ちる。

彼に身を任せていると、昂《たかぶ》った感情が徐々に落ち着いていく気がした。

「いろいろ……早すぎて、気持ちが追いつかないんです」

ポツリと呟《つぶや》く。

私は志波さんに身体を預けたまま、自分の恋愛観を少しずつ語った。

――気になる人ができたら、まずは仲良くなろうと頑張って。告白して両想いになったら、お互いに距離を縮めて――キスや触れ合いはその後にするものだと思う。

面倒臭い堅物女だと思われてもいい。

チョロいと思われるより断然マシだ。

「私達、会ってまだ一週間ですよ……一緒にいた時間だけをカウントしたら、たった二時間程度じゃないですか」

なのに関係がここまで進んでしまっているなんて……どう考えても早すぎる。

「だから……『可愛い』って褒められても、甘い言葉を囁《ささや》かれても、信用しきれないんです」

「時間は関係ないよ。一目惚《ひとめぼ》れすることもある」

予想外な返事がきて、私は思わず上を向いた。

志波さんはこちらをジッと見つめている。

……志波さん、私に一目惚《ひとめぼ》れしたってこと？

最初の『彼氏に立候補したい』発言も、お世辞《せじ》や冗談じゃなくて本心だったの？

顔にカーッと熱が集まる。

志波さんから目を逸《そ》らせない。

……どうしてだろう。

どんな口説《くど》き文句より、今の何気ない一言のほうが何倍もドキドキする。

蕩《とろ》けるような微笑みより、今の真剣な表情のほうがずっと魅力的に見える。

どちらが本当の彼なんだろう……

そんなことを考えながらぼんやり見上げていると、彼がフイッと顔を背《そむ》けた。視線を落ち着きなく彷徨《さまよ》わせている。

その頬が、ほんの少し赤らんでいるような……？

「涙、止まったな」

「……え？　あ、はい」

「長々と引き止めてごめん」

志波さんがスッと身体を離した。そして大きな手で躊躇《ためら》いがちにハンカチを差し出してくる。

そうされて、私はようやく自分の今の状態を意識した。

慌ててバッと俯《うつむ》く。

激しいキスを仕掛けられて口紅が落ちている上に、泣いたせいでファンデーションも流れて……かなりひどい顔になっているに違いない。

「次に逢えるのは来週か……その前に連絡するから」

志波さんが足元のファイルケースを拾ってくれる。

私は「すみません」と「ありがとうございます」を繰り返しながらペコペコと頭を下げた。

今更のように襲いかかってきた恥ずかしさのせいで、化粧崩れした顔は真っ赤になっているだろう。そんな顔、誰にも見られたくない。

ススッと横に動き、最後にもう一度お辞儀《じぎ》する。

「しっ、失礼しますっ！」

急いで踵《きびす》を返した私は、カツカツと硬い音を響かせながら、エレベーター横の階段を駆け下りたのだった。

──私は大混乱に陥《おちい》っていた。

厳しい日差しも外気の蒸し暑さも気にならないくらい狼狽《うろた》えていた。

とにかく化粧を直そうと最寄りのお手洗いに駆け込む。

収録後に起きた出来事を思い出して、いろいろな意味で泣きそうになる。グラグラと揺れる気持ちを無理やり呑み込んで、バッグから化粧ポーチを取り出した。

鏡に映る顔は、表情も、メイクの崩れ具合もひどい。

手早く化粧直しを済ませ、改めて自分の顔を見つめる。

「これ以上、深入りしちゃダメかも……」

……肌を重ねるばかりで気持ちを置き去りにする関係を……既に大学時代に経験した
それを、二度と繰り返すつもりはない。

志波さんの言葉を心から信じられないくせに、こちらに都合の良いセリフにばかり期待しては駄目だ。

だから私は、深呼吸を繰り返しつつ自分に言い聞かせた。

「大丈夫。一週間あれば気持ちは落ち着くはず」

次の収録までに、この感情に蓋《ふた》をしよう。

けれどその決意とは逆に、私はこの日から一週間も気持ちを揺さぶられることになる――

3

二度目の収録の翌日。

昼食前に一人でパウダールームに入ろうとした私は、奥から響いてきた声を聞いた途端、その場で立ち竦《すく》んでしまった。

「――そういえば昨日ねー、二課の塚口さんがちょっと泣いてたんだってー」

二課の塚口さん？　それって私のことだよね……？

「昨日ってラジオの収録日じゃない？　現場でなにかあったのかな」

「やっぱりそう思う？　志波さんにこっぴどくフラれたんじゃないかって噂、聞いちゃってー」

「え、ほんと？」

「知らないけどさ、そんな雰囲気だったらしいよー？」

「へー……志波さんって、木梨《きなし》さんがアプローチしても振り向いてくれなかったんでしょ。美人にもなびかない人が塚口さんみたいな普通の子を相手にするわけないのにねぇ」

硬直する私のほうへと声が近づいてくる。

どうしよう、このままでは鉢合《はちあ》わせしちゃう……！

私はバッと周囲を見回した。しかし、上手く隠れられそうな物陰はない。

おろおろしている間に、パウダールームから出てきた三人組と顔を合わせてしまった。

声だけでは分からなかったけれど、菓子食品マーケティング部一課所属の女性社員達だった。

「……」

沈黙がいたたまれない。

顔を伏せて入口の端に移動し、小さく縮こまる。

お喋《しゃべ》りしていた二人は気まずそうに口をつぐんだまま、足早に出ていった。

ホッと息を吐いて顔を上げる。

すると、三人組の最後の一人――木梨さんが、まだその場に残っていた。

お喋《しゃべ》りに参加していなかった彼女は、噂の元となった私を目の前にして、困ったような表情を浮かべている。

なにか言いたげに口を小さく開いては閉じ……結局ペコリとお辞儀《じぎ》をして去っていった。

「なんなのよ……」

なにも言われなかったことに喜んでいいのか、悲しめばいいのかも分からない。

私は微妙な感情を抱えたまま、パウダールームでのろのろと用を済ませ、重い足取りで二課に戻った。

昨日は移動中にどうにか気持ちの折り合いをつけ、会社に戻ってきたつもりだった。でも泣いた跡は隠し切れていなかったみたいだ。

「……フラれてないし」

どちらかといえば私がフッた立場だろう。

気分が沈んでいることに変わりはないけれど。

――それにしても、木梨さんが志波さんにアプローチしていたとは初耳だった。

木梨直《なお》さんは、美人と評判の女性社員だ。

確か私の一つ上の先輩で、彼女が入社した当時、一課の男性社員達は『美女が配属されてきた！』と大騒ぎしたらしい。

サラサラで艶《つや》やかな黒髪に、羨《うらや》ましいくらい透明感のある白い肌。お人形みたいに整った顔立ち。守ってあげたくなるような華奢《きゃしゃ》な体型と、落ち着いた物腰――

根谷さんも美人だけど、溌剌《はつらつ》としたバリキャリ系。木梨さんは見た目も雰囲気も清楚《せいそ》

&癒《い》やし系で、根谷さんとはベクトルが違う美人だ。

そんな木梨さんと私の関係はというと、面識がある程度で、直接会話した機会は片手で数えるくらいしかない。

パウダールームでは他の二人が喋《しゃべ》っていて、木梨さんの声は聞こえなかった。

でも、去り際のあの態度。彼女は私に、なにか思うところがあるようだ。

「木梨さんと志波さんかぁ……」

二人が並んで立つ姿をなんとなく思い浮かべてみる。

「……う、わぁ……」

たったそれだけで、心が物凄いダメージを負ってしまった。

思わずデスクに突《つ》っ伏《ぷ》す。

あんなに何度も志波さんを拒《こば》んだくせに、彼の隣に他の女性がいる姿を想像してへこむなんて、呆れちゃう。身勝手にもほどがあるでしょ、私。

……でもやっぱりモヤモヤして堪《たま》らない。

二度目のキスから丸一日が経っても、心の整理は全くできていない。

ラジオ越しに聴く志波さんの優しい声と言葉に惹《ひ》かれた。ずっと憧れていたのだ。

収録中も、彼の仕事ぶりにときめかずにはいられなかった。

だからこそ、軽く扱われて悲しかった。

気安いノリで褒め言葉を連発する彼にがっかりした。

でも口説《くど》かれて嬉しかったのも、抱き締められて胸が高鳴ったのも、キスの気持ち悦《よ》さに蕩《とろ》けてしまったのも事実で……。

自分で自分の進みたい方向が分からない。

相反する感情が心の天秤《てんびん》を激しく揺らすから、頭の中は〝でもでも〟ばかり。

苦しくて、切なくて、志波さんの姿を思い浮かべてはドキドキしての繰り返しだ。

……今日は私の二十四歳の誕生日。

退社後はお気に入りのケーキ屋さんに寄っちゃおうかな、なんてささやかな計画を立てていたのに、楽しい気分に浸《ひた》りきれない。

「はぁ……」

「――大丈夫？　お昼食べられそう？」

重い溜息をつく私を見かねたのか、別フロアから戻ってきた根谷さんが心配そうに話しかけてきた。

「昨日からずっと元気ないじゃない」

「そんなことないですよ！」

デスクの上をパパッと片づけ、彼女のためにスペースを空ける。

根谷さんは少し躊躇《ためら》った後、自分の席から椅子を引いてきた。私のデスクの片隅《かたすみ》に、彼女お手製のお弁当と水筒が置かれる。

別の階に行けば社員食堂があるけれど、私達はどちらかのデスクに昼食を持ち寄って食べることが多かった。

今日に限って根谷さんが遠慮がちだったのは、私の体調不良を心配してのことだろう。私が調子を崩すと食欲がなくなることを、彼女はよく知っているから。

ちなみに私の今日の昼食は、出勤途中で買ったサンドイッチ。一応自炊する派だけれど、昨晩なかなか眠れなかったせいで、今朝はお弁当を作る気になれなかった。

「朝食が軽めだったので、もうお腹ぺこぺこで」

健康アピールもかねて、大袈裟《おおげさ》なほどニコニコしながらハムサンドにかじりついた。

ところが――

「……ラジオの収録でなにかあった？」

根谷さんにそう囁《ささや》かれた途端、サンドイッチを頬張ったまま両肩をギクリと跳ねさせてしまった。

どうやら根谷さんにも、昨日泣いて帰ってきたことがバレていたらしい。課内の皆は物凄く落ち込んだ様子の私を見て、『今日はそっとしておこう』と配慮してくれたのだという。

「いつも明るい塚口っちゃんが、泣いちゃうくらい嫌なことがあったんでしょ。次の収録、別の人に代わってもらう？　台本があるから、ぶっちゃけ誰が喋《しゃべ》っても内容は変わらないし」

……確かに、それはそうなんだけど。

私はラジオ出演を途中で投げ出す気はない。

そんなこと、今この瞬間まで考えもしなかった。

社会人として無責任だし、この程度のことで同僚に甘えるなんてできない。

「一度引き受けた仕事ですから、最後までやり遂げます」

「塚口っちゃんなら、そう言うと思ったけどさ」

根谷さんが肩を竦《すく》める。

どちらからともなく笑みが零《こぼ》れたことで、ホッと温かい空気が流れた。

「でも辛くなったら遠慮なく頼ってね？　一人で悩んで抱え込むのだけはダメだよ」

「悩んでるっていうか、気になることならあるんですけど……」

頭に過《よぎ》ったのは、つい先ほど耳にしたばかりの志波さんと私の噂。そして彼と木梨さんについての噂だ。

顔を寄せてきた根谷さんに、声を潜《ひそ》めて話してみる。

「……そのことについて、なにか知ってます？」

「っていうと、春の新商品が出た頃のアレかな」

根谷さんは自分が知っている限りのことを答えてくれた。

どうやら木梨さんは数ヶ月前、今回の私と同じようにラジオの担当になり、その最中に志波さんに恋して、結果フラれたらしい。

木梨さん本人が彼への熱い想いを一課の子に語ったことがあるそうで、信憑性《しんぴょうせい》は高いようだ。

……志波さんって超肉食系というか、『来るものは捕まえろ、去るものは追いかけろ』みたいな人だと思っていた。だから私のこともムキになって追いかけてるのかな、なんて考えていたんだけど――

女の子を拒《こば》むこともあるんだなぁ……

私がそんなことを思っている間に、根谷さんの話はもう一つの噂のほうに移る。

「塚口っちゃんがフラれて泣いたって噂は初耳だなぁ。まあ昨日の今日でそんな噂を立てるのは、塚口っちゃんと木梨さんを比べて面白がりそうな、一課の子だと思うけど。……で、『本当のところはどうなの』って聞いちゃってもいいのかな？」

ひそひそと囁《ささや》かれ、私は昨日の出来事を思い浮かべた。

二度もキスされたことは恥ずかしくて明かせないけれど……信頼している彼女になら、それ以外のことは話してみても良いかもしれない。

「えっと……昨日はフラれて泣いてたんじゃなくて、口説《くど》かれてしまって――」

根谷さんは聞き上手だ。「どうしてそんな流れになっちゃったの？」と尋ねられた私は、気がつけばあれこれと語っていた。

初回収録時の出来事や、そのとき感じたこと。高校生の頃に抱いていた憧れから、現在進行形で胸の中にくすぶっているモヤモヤまで全部。

共感してほしいのか、ただ聞いてほしいのか、それとも叱ってほしいのか。自分でもよく分からない。

私の告白を一通り聞き終えた根谷さんは、予想外の反応を返してきた。

「事情は分かったけど……塚口っちゃんがなにに悩んでるのか、全然分からない」

「えっ」

「だって、憧れてた人に口説《くど》かれたんでしょ？　嬉しくない？」

「嬉しいというより変じゃないですか？　私は彼のラジオをずっと聴いてましたけど、向こうは私を初めて知ったはずなのに」

「恋に落ちるのに時間なんて関係ないのだよー。はぁ……私も高村主任に口説《くど》かれたいなぁ」

根谷さんがシンプルなネイルに彩《いろど》られた指先を頬に当て、色っぽい溜息をつく。

「それにしても、塚口っちゃんは恋愛方面でも真面目ちゃんだったのね」

「そっ、そんなことないですよ。連絡先を交換するくらいは別に構わないですし。でも付き合う前にハグとか、キ、っ……」

「肉食系、良いじゃない。塚口っちゃんは彼が気になる、彼も塚口っちゃんとイチャイチャしたい。ならなにも問題ないでしょ」

「でも、もし遊びだったら……」

「遊んでみたら？」

ええええ……

「大切なのは自分の気持ち。あとタイミングって大事だよ。チャンスを逃すと、それに気づいたときにすっごい後悔するんだから」

妙に実感の籠《こ》もった声で、根谷さんは続ける。

「応援するよ、頑張って！」

お弁当箱を片づけた彼女に肘《ひじ》で軽くつつかれる。

会話が一段落したタイミングで、男性社員達が戻ってきた。

「お前らほんと仲良いな。で、なにを応援するんだ？」

主任の声に、根谷さんがいち早く反応する。

「高村主任。塚口っちゃん、ラジオ出演を継続するそうです」

「……塚口、無理してないか？」

「ご心配をおかけしました。でも問題ありません。最後まで担当させてください」

主任は一瞬心配そうな表情を浮かべたものの、私がしっかり頭を下げたのを見て、その表情を和《やわ》らげた。

「任せたぞ。根谷、サポートしてやれ」

「はいっ」

主任は根谷さんの肩を軽く叩き、自分の席へと去っていく。

その後ろ姿を見送る根谷さんの表情は、いつも以上に綺麗だ。つい見惚《みと》れそうになり、慌てて視線を外した。

いいなぁ。私も素敵な恋がしたい。

そんなことを思いながら、パウダールームに向かう。

歯磨きを終えてデスクに戻ると、スマホにSNSの通知が届いていた。それを見て、私はひどく動揺してしまう。

「志波さん……」

通知には、『声が聞きたい。いま電話してもいい？』とあった。

彼の名前をチラッと目にしただけで、途端に胸の奥がキュウッと苦しくなってしまう。

どうしよう……

連絡先を交換したとき、『連絡をもらっても返信しないかも』と言ったのは私だ。スルーするのは心が痛むけれど、指を動かす気にはなれない。

そもそも『声が聞きたい』と言われても、こんなに混乱した状態で電話なんて無理だ。日常会話だけでなく、なにか余計なことまで口にしてしまいそう。

かといって『嫌です』ときっぱり拒否することもできなくて……

少しは冷静になれたと思っていたのに、志波さんからコンタクトがあった途端、気持ちはグラグラと揺れてしまう。

やっぱり私は……志波さんの言葉が本心からのものだとはどうしても思えない。

だって、もし本当に一目惚《ひとめぼ》れだったとしても、仕事の合間にサラッと告白したりできる？　私なら絶対に無理だ。

それに一昨日《おととい》のことも……私にバレることを承知で根谷さんを口説《くど》くような真似をするなんて、それこそ意味が分からない。

でも最後に見た、あの表情は。あの声は。あの雰囲気は。

冗談として流せるようなものには思えなかった。

「分からないよ……」

身体目当て？

それとも――本気？

志波さんの真意は一体どちらにあるんだろう。

そこまで考えて、目頭が熱くなってくる。油断すると零《こぼ》れそうになる涙をグッと堪《こら》え、大きく息を吐いた。

「遊び半分なら、迫ってこないでよ……」

そう呟《つぶや》いて、自分の言葉に打ちひしがれる。

過去二回の出来事を考えると、楽観視なんてとてもできそうにない。

迷いに迷った私は、結局——志波さんに返信できないまま昼休みを終え、すっきりしない気持ちで午後の業務に取りかかった。


志波さんからのメッセージは、翌日にも届いた。

内容は、その日の出来事の報告と何気ない雑談。

以降も一日に一度か二度のペースで届いている。

けれど……電話したいと言われたのは最初の一回だけ。ラジオ収録の日に囁《ささや》いてきたような甘い言葉を送られることもなかった。

『おはよう。今日は暑くなりそうだね』

『おやすみー』

『移動中。真帆は昼休み？』

そんな何気ないメッセージの合間から、志波さんの日常が伝わってくる。

名刺にあった肩書きの通り、彼はラジオ局以外の場所でも忙しく働いているようだ。

ナレーションの収録のためにテレビ局を訪れたり、アナウンススクールの講師として授業をしたり。

——気がつけば、SNSの通知が届く度に、送信者が志波さんかどうかで一喜一憂している私がいた。

先週『勝手に呼び捨てにしないで』と彼を突き放した私が、『真帆』と呼び捨てにしたメッセージにホッと胸を撫《な》で下ろしている。

でも……連絡先を聞いてきたときの〝押しの強さ〟は、一体どこにいってしまったの？

まるで別人のように控えめになってしまった志波さんに、戸惑わずにはいられない。

ほんの二、三日前までは、彼の口からスラスラ出てくる気障《きざ》なセリフを『信用できない』と思っていた。それなのに、今は届く文面に色っぽさがないのを『味気ない』『物足りない』『寂しい』と感じている、我儘《わがまま》な私がいる。

自分からは素っ気ない返事どころか、返信そのものさえしないくせに……『遊び半分なら迫ってこないで』と呟《つぶや》いたはずの私が、今は彼からの連絡を待ちわびている。

真逆の願いは、どちらも私の本心で。

だからこそ、未だに自分の気持ちが分からない——

日曜の昼。自宅でくつろいでいると、SNSの通知音が鳴った。

『昨日の放送、聴いてくれた？　俺はこれからラジオの生放送にゲスト出演。行ってきます』

スマホの画面にそんな文章が表示されて、私は昨晩の放送内容を思い出した。

二度目のゲスト出演……リスナーからの質問メールに答えながら志波さんとお喋《しゃべ》りした、あの回だ。

収録からたった五日しか経っていないのに、随分昔のことみたい。

そう感じてしまうのは、ここのところ毎日彼のことばかり考えているから……？

「っ！　べ、別に、私はそんな――」

言いかけて、顔にカーッと熱が集まった。

部屋に一人でいるのに、誰に向かって言い訳しているんだろう。

スマホを握りしめたまま狭い室内をうろうろした挙句《あげく》、ベッドにぽすんと腰掛ける。

……返事、してみようかな。

連絡先を交換したとき『返信しないかも』とは言ったけれど、『絶対返信しません！』とは言っていない。

根谷さんと話してみて、もう少し彼のことを知ろうとしても良いかもしれないな、とか思ったような気もするし。

あとは、ええと……無視してばかりっていうのも悪いし。

生放送前なら長時間のやり取りにはならないだろうし。

明後日《あさって》の収録のとき、『返事がないからもう連絡するのやめます』って言われたら悲しいし……って、別に悲しくないけど……！

「とっ、とりあえず返信しよう！」

口に出して決意を固める。

勢いに任せ、思いつくままスマホをタップして……途中でまた真っ赤になってしまった。

なにこの文章。長すぎでしょ。

しかも、よくよく考えたらこれ、八割は志波さんの喋《しゃべ》りへの感想だ。つまり、限りなくファンメールに近い内容。

読み方によっては、熱烈なラブコールとも解釈できる。

「だっ、ダメダメ！　こんなの見せられない……！」

慌てて削除キーを長押しする。

そして考えに考えた末、『生放送、頑張ってください』という無難な一文を送った。

やや間《ま》を置いて、志波さんからの返信が画面に表示される。

『ありがとう』

「志波さん……」

心地《ここち》好《よ》いような申し訳ないような、複雑な気持ちになった。

胸が切なく締めつけられる。

スマホを抱き締めたまま、無性に泣きたくなってしまった。

……先日の告白は冗談だったのか、それとも志波さんは本当に本気だったのか、私は未だに測りかねている。

「大切なのは自分の気持ち、かぁ……」

数日前の昼休みに根谷さんから言われたことが脳裏《のうり》を過《よぎ》る。

「私は、志波さんと――」

心の距離を縮めたい。

でも、これ以上は深入りしたくない。

胸の中の天秤《てんびん》は、どちらか一方に傾くどころか、揺れ幅をますます大きくしていた。

翌々日……志波さんとの距離感を測りかねたまま、三度目のラジオ収録に向かった。

待ち合わせ時間の十分前。

ラジオ局が入っているビルの前まで来た私は、入口の自動ドアの脇に長身の男性が立っているのを見つけて、思わず足を止めた。

心臓がドキンと跳ねる。

……志波さんだ。

彼は立ち竦《すく》む私を見つけて、小走りに駆け寄ってきた。

「お疲れさま。一週間ぶりだな」

「……お世話になります」

志波さんは心の底から喜んでいるように見える。

真っ直ぐ向けられる笑顔が眩《まぶ》しい。

私はドキドキする胸を押さえて目線を外した。

「こんなに暑いんですから、わざわざ外で待っていただかなくても……」

あぁぁっ！　我ながら可愛くない態度！

「いいんだ、早く会いたかったから。真帆が時間通りに来てくれたお陰で、そんなに待たなかったしね」

「……恐れ入ります」

「さ、中に入ろう」

志波さんが私を促《うなが》す。

エスコートするように大きな手を背中に回されたけれど、直接触れてくることはなかった。

微妙な距離感を保ったままエレベーターに乗り、四階で降りる。

ラジオ局の中で松尾さんと合流し、三人で打ち合わせブースに入った。

今日の収録内容は、チョコレート菓子の新フレーバー発売の告知と宣伝になる。

私は小さなテーブルの上にお菓子のサンプルを置き、二人に試食を勧めた。

「今回お持ちしたお菓子はチョコレート類を担当する一課の商品で、私は製品開発には携《たずさ》わっていません。告知したい内容は、来月中旬から店頭に並ぶ予定ということと――」

「なるほど。一課といいますと、前回ゲストでお越しいただいた猫さ……いえ、木梨さんの課ですね」

松尾さんがチョコを一粒つまみ、しげしげと眺めながら呟《つぶや》く。

猫……ってなんのことだろう？　いやいや、それより……

私は動揺を押し隠しつつ、こっそりと志波さんの様子を窺《うかが》った。

突然出てきた〝木梨さん〟の名前に反応する気配はない。

木梨さんのことを、なんとも思っていないのかな。

だから話題に出されても動じないの？

フッた女性のことは、いちいち気にしないとか？

……志波さんって縁が切れた途端、相手のことを簡単に忘れちゃうタイプなの……？

そこで不意に志波さんと目が合った。

直後、フイッと視線を逸《そ》らされる。

「っ……」

どうしてだろう。たった一秒にも満たない視線の動きが気になる——

「そういうことなら、開発エピソードはソフトケーキのときほどは掘り下げないで、試食会の告知をメインに据えたほうがやりやすいかもね」

私の最後のラジオ出演は、別スタジオでの公開生放送になるという。堀中製菓は、そこで新商品PRのため試食会を開催する予定だ。

志波さんからの提案に、松尾さんが頷いた。

「今回もざっくりした台本だからな。細かい進行は幸弥に任せる」

「了解。塚口さんもそういう感じでいいですか?」

再び目が合った志波さんは、普段通りのにこやかな表情を浮かべていた。

「あ、はい。お願いします」

私は彼の態度を見たことで湧き上がった不安と混乱を呑み込み、シャキンと姿勢を正す。

打ち合わせの後、私達は収録用のBスタジオに入った。

収録はスムーズに運んでいく。

私も無事に新商品の宣伝内容を喋《しゃべ》りきることができた。

……良かった。他課の商品のＰＲだから、ソフトケーキのときとは違う緊張感があったんだよね。

ホッと胸を撫《な》で下ろしている間にも、収録は進む。

終盤に差しかかったところで、志波さんがパッと雰囲気を変え、弾《はず》んだ声を上げた。

『――はい、ではここで重大なお知らせでーす。来週の「志波幸弥の Saturday joyful night」は、〇〇ショッピングモール内のサテライトスタジオより公開生放送でお送りします！』

松尾さんが鳴らした効果音がやむのを待って、志波さんが再び口を開く。

台本を自分流にアレンジして喋《しゃべ》る美声には、全く淀《よど》みがない。

『前回、前々回と二度に渡ってご紹介したソフトケーキと、今回新たにご紹介したチョコレート。これらのお菓子が、なんと！　無料で試食できちゃいます！　堀中製菓さん、太っ腹ですねー』

再び賑《にぎ》やかな効果音が入る。

『ということで、来週は番組の内容が一部変わります。二十時ちょうどにゲストの塚口さんをお招きして、同時刻からサテライトスタジオ前で試食会を開催しますよー。皆さん、ぜひ遊びに来てください。時間的にはショッピングモールで買い物したり、レストランで食事した後に立ち寄ってくれたらちょうど良いかもですね。……ところで塚口さん、試食用のお菓子ってどれくらいの人数分になりますか？』

『そうですね……皆さんに味わっていただけるよう、できるだけ沢山ご用意する予定です』

『――だそうです。と言っても数には限りがありますので、絶対食べたいって方は、お早めに遊びに来てくださいね！』

緊張しながら臨《のぞ》んだ収録は、今回もリテイクなしで終了した。

ヘッドホンを外して小さく息をつく。

実は収録中、ある瞬間から私の心にモヤモヤしたものが湧き上がっていたけれど……表情と声色《こわいろ》だけは取り繕《つくろ》えていたと思いたい。

「私、上手く喋《しゃべ》れてました……？」

「問題ありませんでしたよ」

返事をくれたのは松尾さんだった。

「ありがとうございます。その……志波さんも、そう思われますか……？」

「もちろん」

志波さんは短く答え、椅子から立ち上がって台本や資料をまとめ始める。

「お疲れさまです。松尾さん、ちょっと良いですか」

松尾さんがスタジオの扉を開けるのと同時に、外からスタッフの声が届いた。彼は一足早くその場を後にする。

……残された私達の間に会話は生まれない。

私の心が落ち着かない原因は、志波さんのこの態度だ。

前回までの志波さんなら、二人きりになった途端にあれこれ囁《ささや》いてきただろう。でも今の彼は……褒め言葉も、気障《きざ》なセリフも、言ってくる様子が全くなかった。

ビルの外で私を出迎えてくれたときは、いつも通りに見えた。

だからしばらくは気がつかなかった。

最初に引っかかったのは、打ち合わせ中の小さな出来事だ。

志波さんは私と目が合った途端、サッと視線を逸《そ》らした。

前回や前々回のように見つめられることも、微笑みかけられることもなかった。

本番中に同じことがあって、私はようやく違和感をはっきりさせたのだ。

よそよそしい、っていうのかな。

改めて思い返せば、打ち合わせブースに移動した辺りから、どことなく距離を置かれていた気もする。

この一週間、志波さんの態度が控えめだったのは、ＳＮＳでのやり取りだからだと結論づけていた。

直接会ってお喋《しゃべ》りすれば、前みたいに甘い言葉を囁《ささや》いてくるかと思っていたのに……

……べ、別に積極的に口説《くど》かれたいわけじゃないけど。

今までが今までだったから、身構えていたぶん拍子抜けしたというか、肩透《かたす》かしをくらった気分というか、戸惑わずにはいられない。

小さな違和感が少しずつ積もるにつれて、息苦しさを覚えてしまう。

「じゃ、出ようか」

志波さんは私の視線を避けるように俯《うつむ》いたまま、手元の資料を整えて踵《きびす》を返す。

私は居ても立ってもいられず、その背中に声をかけた。

「志波さん」

彼がゆっくりと振り返る。

「……なに？」

交わった視線はすぐに逸《そ》らされてしまう。

声は優しさを帯《お》びながらもどこか拒絶しているようで、私は言葉に詰まってしまった。

そもそも、この胸の内のモヤモヤを上手く表現できる気がしない。

『今日は私を口説《くど》かないんですか？』なんて自意識過剰にもほどがあるし、『気障《きざ》なセリフを言ってみてください』も明らかに違うし……

でもこのままではいたくない。

ああもう！　どうすればいいの!?

「あの……木梨さんのこと、なんですけど……まだ志波さんのことが……」

――自分でも分からない。

どうしてこのタイミングで彼女の話題を出してしまったのか。

私は視線をうろうろと彷徨《さまよ》わせた後、無言で佇《たたず》む志波さんを見上げる。

目が合った瞬間――ぞわり、と肌が粟立《あわだ》った。

志波さんは顔から全ての表情を消し去り、ただジッと私を見下ろしていた。

その無機質な視線と、重い沈黙が痛い。

おかしなことを口走ってしまった私が悪いんだけど、でも……

「幸弥、どうした？」

戻ってきた松尾さんが、志波さんの背後からヒョコッと顔を覗かせた。

「……松尾、今日はこの後Bスタを使う予定ってなかったよな」

「あ？　ああ」

「悪い、ちょっと借りる」

「……は？　おい、幸弥――」

志波さんが扉を閉めたことで、その後に続く言葉は聞こえなくなった。

四方の壁を防音材に覆《おお》われたスタジオは、完全な密室に変わる。

「なあ、今のってどういう意味？」

「あの…」

「俺に気がある同僚がいるから、そっちと付き合えって？」

志波さんがこちらに一歩近づく。

私は思わず後ずさった。

「俺の気持ちは何度も言ったよな。まだ冗談だと思ってる？」

「志波さん、っ」

彼の感情のない声も、私の焦りを含んだ声も、壁に吸い込まれてしまうからか妙に平坦に聞こえる。

「それとも、同時進行で別の子も口説《くど》いてほしいのか？」

長身の彼に詰め寄られ、また一歩後ずさった。

太腿《ふともも》がテーブルに触れる。これ以上は下がれない。

周囲を見回してから恐る恐る顔を上げると、志波さんは私を真っ直ぐ見つめていた。

その視線は、冷たい声とは対照的に、火傷《やけど》しそうなほど熱っぽい。

「……好きだ」

「え……」

「ああもう！　好きなんだよ！　誰かのことをこんなに好きになったのは初めてで、どうすれば良いのか分からないんだよ！」

彼の余裕のない表情を初めて見て。彼の苦しげな叫び声を耳にして。

私は目を大きく見開いた。

「今だって、真帆が目の前にいると好きな気持ちが溢《あふ》れてくる。甘い言葉を囁《ささや》きたくなるし、触れたくなる。抱き締めたくて堪《たま》らない……っ！」

大きな手が伸びてくる。しかしそれは私に触れる直前で動きを止める。グッと拳《こぶし》を握り、ゆっくりと離れていった。

力なく項垂《うなだ》れた顔が、私の肩口に近づく。でもやっぱり触れるまでには至らず、ブラウスに前髪がかかる程度に留まる。

「……でも、そういうの嫌なんだろう？　だから全部、必死で我慢してた。普通の態度でいようって。なのに……」

志波さんが言葉を呑み込む。

けれど私は彼がなにを言いかけたのか分かってしまった。

志波さんはたぶん、私が木梨さんの名前を出したことをなじりそうになったんだ。それを堪《こら》えてくれたのは、きっと私を傷つけたくないからで……

「こんな俺が、真帆以外の女のことなんて考えられるわけないだろう……！」

絞り出すような声を耳にした途端、胸がギュウッと締めつけられた。

私のせいで苦しんでいる彼に、なんて声をかければ良いのか分からない。

「――毎回引き止めて、ごめん。俺、真帆を困らせてばかりだな」

しばしの沈黙の後、志波さんがポツリと呟《つぶや》く。

「……格好悪い……こんなところ見せたくなかった」

小さな独り言に、また胸が苦しくなる。

前回も前々回も強引に迫られて、でも信じきれなくて、志波さんがなにを考えているのか全然分からなくて。自分自身の気持ちも分からず、混乱ばかりが先立って。

なのに今……告白されて、舞い上がっている私がいる。

予想外の告白に面食らいながらも、志波さんの本音を聞けたかもしれないとドキドキしている。

心の琴線《きんせん》に触れたのが泣きそうな声だなんて、志波さんにとっては不本意かもしれない。

でも軽い口説《くど》き文句なんかより、ずっと強く心を揺さぶられた。

それに、志波さんは『我慢してた』と言った。

その言葉が真実なら、今日一度も私に触れてこなかったことも、目を合わせてくれなかったことも、SNSで当たり障《さわ》りのないメッセージしか送ってこなかったことも、全部私の気持ちを尊重した結果だったんだ。

「志波さん……」

胸の奥から様々な感情が湧き上がってくる。

そこで唐突に自覚した。

ああ……嫌われたくないんだ、私。

志波さんのこと、本当に好きなんだ。

憧れの延長線上にあった想いは、自分でも誤魔化《ごまか》せないくらい大きく育ってしまっていたんだ。

エアコンの効いた涼しい室内にいるのに、全身がカァッと熱を帯びる。

言葉も態度も軽くて、私以外の女の人にも口説《くど》き文句みたいなことを言って、一応は告白してくれたけれど迫り方が強引で、押しが強くて……そんな志波さんは、誠実さとは真逆にいるような人だと、ずっと考えていた。

だから恋しても辛いだけだって自分に言い聞かせて、気持ちに蓋《ふた》をしてきた。

でも……いま目の前にいる彼が演技しているとはとても思えない。

そうして一旦ありのままの彼を受け入れてみると、抑えつけていた想いがどんどん溢《あふ》れてくる。

志波さんがまとう、本番直前の空気感が――好き。

スッと息を吸い込みながら表情を引き締める瞬間や、マイクに向かって話してる姿が、好き。

真面目な話をしているときも、陽気な喋《しゃべ》り方のときも、どこかピンとした雰囲気があって。

彼を間近で見ていると、ラジオで声だけ聴いているときよりずっと、リスナーに対しての真摯《しんし》さが伝わってくる。

そういう仕事への熱意みたいなものを目の当《ま》たりにすると、惹《ひ》かれずにはいられなかった。

更にはこのギャップ。

志波さんは、真剣なときと色っぽいときの差が凄く大きい。だから声や表情をパッと切り替えられると、その度にドキッとしてしまうのだ。

彼への想いを自覚して目頭が熱い。顔はきっと真っ赤になっているだろう。

……私からも、想いを返したい。

憧れを抱いていたことも、今の気持ちも、全て口に出したくなった。

「志波さん、私――」

けれど言いかけた言葉は、彼が首をふるふると振ったことで途切れてしまう。

「……俺からはもう連絡しないよ」

志波さんは泣きそうな笑みを浮かべて、自嘲《じちょう》ぎみに呟《つぶや》く。

予想外のセリフに、私は目を見開いた。

「次に逢うときまでになにもしない。だから——せめて最後の生放送だけは、一緒にやらせてくれないかな」

「そ、それは、もちろん」

動揺しつつもコクコクと頷く。

「……ありがとう」

志波さんが一歩下がり、私から表情を隠すようにくるりと踵《きびす》を返した。

入口の扉に大きな手がかかる。

「今まで振り回して、ごめんな」

彼は最後に大きく息を吐くと、扉を静かに開けた。

その途端、焦りと怒りを含んだ松尾さんの声が届く。

「おい幸弥、お前勝手にスタジオを……」

「ちょっと話をしてただけだよ。ね、塚口さん」

志波さんが飄々《ひょうひょう》とした声で返事をしながら肩を竦《すく》める。

振り返ってこちらを見やった彼は、最初の頃と同じ軽い笑みを浮かべていた。

会社に戻った私は、午後の業務を終えて帰路についた。

翌日はいつもと変わらない時間に出勤し、一日を終えて帰宅する。

翌々日も、週末も、毎日が淡々と過ぎていく。

そして週明けの月曜日、会社の廊下《ろうか》で一課の人に何度か声をかけられた。土曜のラジオ放送を聴いてくれたらしい。

「良かったよ！」と好意的な感想をもらう度に、なんともいえない複雑な気持ちになる。

感想そのものは凄く嬉しいんだけど……放送内容を思い出すと、その収録後にあった出来事まで一緒に思い出してしまうから。

……あの収録から、明日で一週間になる。

私は普段通りの日々を送りながら、ずっと一つのことを考え続けていた。

翌日の火曜日、私はパーティションで区切られた打ち合わせ用のスペースで主任と向き合っていた。

「これに目を通しながら聞いてくれ」

主任は私に台本を手渡し、今週末に行《おこな》う試食会についての説明を始める。

志波さんのラジオ番組に社員がゲスト出演するときは、決まって一ヶ月間、全四回となるようにスケジュールを組む。

しかしサテライトスタジオでの公開生放送になるのは、今回が初めてのことだそうだ。

公開生放送と試食会の同時開催は、一課と二課の合同企画になる。

私が志波さんと生放送している間、スタジオの外に見物に来てくれた人やショッピングモールを行き来する人達に、両課の社員がお菓子を勧めるのだ。

スタジオはショッピングモール一階の角地にあって、ガラス越しにスタジオの様子が窺《うかが》える。パーキングに近い屋外広場と、屋根つきの店舗街の両方から観覧可能なので、当日の天気に合わせて試食係の配置を決めるそうだ。

二課からは根谷さんが応援に来てくれると聞いて、私は嬉しくなった。

そんな私とは逆に、主任は額《ひたい》に手を当てて物憂《ものう》げに溜息をついている。

「ここだけの話、根谷にはあんまりラジオ関係の仕事を回したくなかったんだが」

「……？　どうしてですか？」

「番組のパーソナリティやってる人って、かなりのイケメンなんだろ……？」

「ああ、根谷さんを取られちゃうかもしれないって心配してるんですね」

「えぇっ!?　あー、その、まあ……うん……いやいやいや、塚口ならどうでもいいと考えているわけじゃないぞ！　塚口は男性関係がしっかりしているようだから、大丈夫だろうと思ってだな……って、これセクハラ発言にはならないよな？」

「大丈夫ですよ」

頬を赤く染めたり青褪《あおざ》めたりして慌てる主任に、私はクスクスと笑って答える。

「……それでだな、二課からは斉藤《さいとう》も応援に出すから承知しておいてくれ。ちなみに一課からは木梨と大西《おおにし》が出るそうだ」

「っ！」

気が緩《ゆる》んだ直後に木梨さんの名前を出され、思わずビクリとした。

「……根谷さん、斉藤さん、木梨さん、大西さんですね」

「あと一課の大久保《おおくぼ》課長が責任者として同行する。なにかあったら課長の指示を仰《あお》ぐように」

「分かりました」

「生放送の後は、撤収作業が終わり次第解散だと聞いている。土曜日だから、報告書は週明けに出してもらうことになるな。試食会の反響次第では次回開催もありえるそうだ。お客様の反応はもちろん、四人がどんな動きをしているかも、余裕があったら見て報告してくれ」

「はい」

そうして台本を確認し、詳細を打ち合わせてから自分のデスクへ戻った。

その日の夜、私は残業で疲れた身体を電車に預けながらスマホをタップしていた。表示しているのは志波さんからのメッセージ。

彼は宣言通り、先週の火曜日を境に連絡を一切送ってこなくなった。

いま目で追っている文面は、それより前に受け取ったものばかり。

もう何度読み返したか覚えていないし、すっかり暗記してしまったけれど、ふと手が空くとこうして眺めてしまう。

指を下に滑《すべ》らせると、この一週間のうちに私から送信したメッセージがぽつぽつと並んでいる。

他愛もない挨拶《あいさつ》や、その日にあった出来事を綴《つづ》った文章に、志波さんからの返事はない。

今になって後悔せずにはいられなかった。

私はあの日まで、志波さんから向けられる好意の上に胡座《あぐら》をかいていたんだ――

一方的に連絡するだけなのは辛い。

それでも連絡してしまうのは、彼との繋がりを失いたくないからだ。

……志波さんも、こんな気持ちで私にメッセージを送ってくれていたのかな。

志波さんから連絡があったとき、あんな素っ気ない文面じゃなく、もっと心の籠《こ》もった言葉を返せていたら……

はぁ、と溜息が零《こぼ》れた。

『チャンスを逃すと、それに気づいたときにすっごい後悔するんだから』

根谷さんに言われたことが今、胸に重く伸しかかっている。

「あと四日、かぁ……」

土曜日の公開生放送の後、彼に想いを伝えることは決めている。

とにかくそれを実行に移すのみだ。

志波さんがどう反応するかは全く分からない。でも、だからってまた尻込みしていたら、彼との縁が切れてしまう。

逃げてばかりではダメだ。

残されたチャンスは、あと一度しかないんだから。

「……頑張ろう。これ以上後悔しないように」

小さく呟《つぶや》いた言葉と、停車駅を告げる車内アナウンスが重なる。次は最寄り駅だ。

少しずつ速度を緩《ゆる》めた電車が完全に停まる。私はバッグを肩にかけ直して電車を降り、改札に向かって歩き始めた。

4

——とうとうこの日がきちゃったよ……

小雨の降りしきる九月下旬の土曜日。都内某所にあるショッピングモールの一角で、私は何度も深呼吸を繰り返していた。

ゴクリと喉《のど》が鳴る。

今朝から緊張しっぱなしの心を必死で落ち着かせながら、前にもこんなことがあったな……と初めてラジオに出演した日を思い出した。

「塚口っちゃん、大丈夫？」

根谷さんが隣から顔を覗き込んでくる。

心配そうな彼女に、私はできるだけ自然な笑顔で「大丈夫です！」と頷いた。

サテライトスタジオの裏手で挨拶《あいさつ》を交わした後、松尾さんが大久保課長や根谷さん達と打ち合わせを始める。

私は志波さんに連れられてスタジオ内に足を踏み入れた。

――早くも二人きりになっちゃった……

スタジオの窓には本番開始直前までロールカーテンが下りているから、外からは見えない。

扉を閉めれば完全に二人きりの空間だ。

生放送への緊張感よりも、志波さんと一緒にいることによるドキドキ感のほうが遥かに強い。

……れ、冷静に。

大丈夫だから、落ち着いて……！

口から飛び出そうなほど暴れる心臓を宥《なだ》めて、持ち込んだ資料と台本をテーブルの上に広げた。

そんな私に、志波さんが話しかけてくる。

「収録番組《パケ》用のBスタジオとはいろいろ違ってるけど、基本的には今まで通り俺に合わせて喋《しゃべ》ってくれたら大丈夫」

「は、はいっ」

「簡単に機材の説明をするね」

彼がテーブルに置かれた機材を一つずつ指し示す。

「これはカフ。マイクが拾った声や音は、このつまみを上に滑《すべ》らせたときだけ電波に乗る。操作は松尾の指示を見て俺がするから、不用意に触らないようにな」

私はカフを見ながらコクコクと頷いた。

志波さんの態度は完全に仕事モードなのだが、何故か声は艶《つや》っぽいような気がして、胸が高鳴ってしまう。

「横にあるディスプレイはタイムスケジュールの確認用。進行中の番組名とコーナー名が表示されてる。画面左上にあるのが現在時刻」

「あのっ……その隣の数字はなんですか？」

「これはコーナーの残り時間。今やってる番組で言うと『パーソナリティがあと三分半使った後、ＣＭに入る』って意味」

分かりやすい説明に、なるほど、とまた頷いた。

「真ん中にあるタブレットは、リスナーからのメール用。受信したらすぐ読めるようになってるんだ。今夜の放送中に何通届くか分からないけど、俺が喋《しゃべ》りながら目を通しておく。場合によってはそのまま紹介したり質問に答えたりってこともあるから、心積もりはしておいて――」

志波さんの声が不意に途切れた。

彼からの視線を感じて、タブレットに落としていた目をゆっくりと上げていく。

「真帆……」

「っ！」

今日、初めて名前を呼ばれた。

どうしよう……凄く嬉しい。

最初のときのような名字呼びではなく、下の名前で呼んでくれたっていうことは、志波さんの気持ちはまだ離れきってはいない……？

淡い期待を込めて、彼の表情を窺《うかが》う。

目が合った志波さんから予想外の指摘がきて、既に熱が集まっていた顔がますます火照《ほて》ってしまった。

「しょ、しょうがないじゃないですか……っ、いえ、すみません。その……なんだか志波さんの声が、最初からずっと、凄く色っぽいというか……。――ッ!?」

パッと口を手で押さえる。

私はなにを言っているんだ。

でも嘘じゃない。なんだか今日の志波さんの声って、特別な感じがする。聞いているだけで腰が砕けてしまいそうだ。

胸の鼓動は落ち着くどころかますます大騒ぎしている。全身が妙に熱いし、気を抜くと頭もポーッとしちゃう……

今はテーブルに両手を突いてなんとか堪《こら》えているけれど、油断した途端にふにゃふにゃと床にへたり込んでしまいそうだ。

志波さんは真面目に説明してくれているのに、この態度は失礼すぎる。

だから両脚に力を込めて姿勢を維持し、彼に何度も頭を下げた。

「す、すっすみません、いえ、申し訳ありません！」

……志波さんからの返事はない。

「顔、真っ赤」

無言の時間がしばらく続き、沈黙に耐えられなくなった私は、恐る恐る彼を窺《うかが》った。

え……呆然としてる……？

それに、頬がほんのり赤く見えるのは気のせい……？

「あ、あの……」

目が合った次の瞬間——志波さんは顔をブワッと赤くした。ほんのりどころじゃない、もう真っ赤だ。

横を向いた彼が口元に手を当て、視線を泳がせた。

「——無意識だった」

彼らしくないぼそぼそとした呟《つぶや》き。

顔を逸《そ》らされたことで、首や耳まで赤くなっていることに気がついてしまった。

「……ごめん」

「いえ……」

お互いに俯《うつむ》く。

彼が謝罪した理由も、無意識という言葉の意味も、私には分からない。

でも……は、恥ずかしい……

スタジオ内が妙に甘ったるい空気で満たされていく。

明らかに照れている様子の志波さんにつられて、こちらまで照れ臭くなる。

でも、こうしている場合じゃない。

「……志波さん。良かったら説明の続きを——」

「あ、うん。そうだな……」

志波さんが小さな咳払《せきばら》いを繰り返す。顔はまだ少し赤い。

そのまま着席して台本の読み合わせを始めると、ほどなくして彼の声はいつもの明るくてハキハキしたものに戻っていた。

けれど——私の心は読み合わせが終わる頃になっても、全然落ち着いてくれなかった。


生放送の五分前。

志波さんはサテライトスタジオにある三つのロールカーテンを次々に上げ、ガラスの外に向かって軽く手を振った。

「真帆、あそこに同僚の人達がいるよ」

私は読んでいた台本を置き、席を立って彼の近くに寄る。

すると、少し離れた場所に根谷さん達の姿が見えた。

屋根つきの店舗側でスタンバイする彼女達に、笑顔で手を振る。

台本では、オープニングトークに続いて志波さんが試食会の開催を告げ、女性社員達がトレイにお菓子を載せて見物客に振る舞う予定になっていた。

成功するといいなぁ……

番組開始前なのに、ガラスの向こう側には既に人だかりができている。

少し遠くに視線をやれば、ショッピングモールを行き交う人々の中にも、こちらに注目している人が見て取れた。

過去三回の収録時に使ったBスタジオには窓がない。サテライトスタジオは一部がガラス張りだから、開放感は段違いだ。

外の様子をきょろきょろと見回していたら、ふとガラスの向こうから強い視線を感じた。

……スマホを構えた一部の女性客が私を睨《にら》んでいる。きっと志波さんのファンだろう。

私は笑顔を引きつらせて志波さんからススッと離れ、席に戻った。

これで彼女達のスマホの撮影画面に、彼の隣に立つ邪魔者《わたし》の姿は写らないだろう。

やっぱりファンの子は多いんだな……

彼女達の声はこちらに届かない。けれど、その表情を見ていれば、彼女達がどれだけ志波さんを好きなのかがひしひしと伝わってきた。

中にはぴょんぴょん跳ねて手を振ったり、自作らしきプラカードを掲《かか》げている子までいる。

私はそっと溜息をついた。

「そろそろだな」

席に戻ってきた彼がヘッドホンを装着する。

「Bスタと違って、どうしてもお客さんが目に入ると思うけど、気にしなくていいから。いつもの調子で、リラックスしていこう」

「はい。よろしくお願いします」

準備を整え、タイムスケジュール用のディスプレイを見つめる。

その表示が切り替わると同時に、聴き慣れた軽やかなオープニング曲が流れ始めた。

隣にある副調整室から松尾さんがハンドサインを出し、志波さんがスウッと息を吸い込む。

場の空気が、変わる――

志波さんは手元のカフをスライドさせ、タイトルコールを告げた。

軽快な声がヘッドホンの中で響く。

『今夜の放送は、〇〇ショッピングモール内サテライトスタジオより、内容を一部変更してお送りしまーす。この番組は――』

彼は慣れた様子でスポンサーの名前をスラスラと口にし、CMに入ったところでヘッドホンを片耳だけ外した。

真似するように手ぶりで促《うなが》されて、私も彼に倣《なら》う。

志波さんは「カフを下げている間は雑談しても外に漏《も》れないよ」と前置きし、小さく微笑んだ。

「平気そう？」

「大丈夫です」

私は笑顔で頷く。小さな気遣いが嬉しい。

「CMが明けたらゲストを紹介するから、いつもと同じように入ってきて」

「分かりました」

ヘッドホンを元に戻し、深呼吸する。

ゲストコーナー用のタイトルコールが流れると、私は志波さんのハンドサインに従って口を開いた。

そして二十分後――我が社初の試《こころ》みである公開生放送と試食会の同時開催は、大成功のうちに幕を下ろしたのだった。

出番を終えた私は一息つくと、自分用の台本をまとめてサッと席を立った。

それを見て志波さんが表情を強張《こわば》らせたけれど、あえてなにも告げない。彼とお客様に向かって頭を下げ、そそくさとスタジオを後にする。

関係者用の小さな控室に入ると同時に、根谷さんに捕まった。

「塚口っちゃん、お疲れさま！　格好良かったよ！」

その場にいた大久保課長や女性社員達からも労《ねぎら》いの言葉をかけられる。

サテライトスタジオの外には放送を流すためのスピーカーが設置されている。だから皆はお菓子を配りながらも、ばっちり聴いていたらしい。

「塚口、上手かったぞ」

大久保課長がでっぷりと太ったお腹を揺らして笑った。

「試食会のほうも大盛況で、ようやく肩の荷が下りた。こちらの撤収作業は既に終わっているから、今日はこれで解散だ。会社から持ってきた荷物は私が預かる」

放送中、私も時折スタジオの外の様子を見ていた。

試食会には予想以上に多くの人が集まったようで、終了予定時刻より五分ほど早く試食品がなくなってしまったのだ。

お菓子を口にしたお客様の反応は上々だったみたい。

大久保課長は普段から気さくで大らかな人だけど、こうして目に見える形で結果が出たことで、いつにも増して機嫌が良さそうだ。

私達は解散すべく、スタジオ裏の出入口から外へ出た。

大久保課長は段ボールを抱えてパーキングへ向かい、一課の大西さんも別の箱を持って課長の後に続く。

二課の斉藤さんは、私と根谷さんに手を振って店舗街のほうへ行ってしまった。

木梨さんはスタジオの表側に小走りで去っていく。志波さんの番組は午後十時まで続くけれど、ショッピングモール自体は九時半で閉まってしまう。恐らく終了時刻ぎりぎりまで公開生放送を見ていく気なのだろう。

なんとも言えない気持ちでその後ろ姿を見送っていると、根谷さんに声をかけられた。

「塚口っちゃんは……志波さんを待つの？」

「……そのつもり、です」

「やっと前進する気になったんだね」

私より五センチほど高い位置にある顔が、優しい笑みを浮かべる。

「もうっ、最近の塚口っちゃんは見ていられなかったよ。表情は暗いし、溜息ばっかりついてるし、スマホがブルブルする度にそわそわしてるし、ランチの間はボーッとしてるし」

表には出していないつもりだったけれど、根谷さんは私の頭の中が志波さんでいっぱいだったことを、ばっちり見抜いていたらしい。

「私も一歩踏み出してみようかな……高村主任、今日出勤するって言ってたよね？　まだ会社かなぁ」

根谷さんがバッグの中を探ってスマホを手に取る。

「じゃ、また来週会社で。良い報告聞かせてね！」

反対側の手を大きく振って、彼女も立ち去ってしまった。

「……はぁ」

一人きりになったところで、大きな溜息をつく。

十日間かけてじっくり育てた決意は揺らがない。

……志波さんに、きちんと気持ちを伝えるんだ。

最初は戸惑ってばかりだったけれど、今は志波さんのことが好きです、って。

この間、別れ際に言われた言葉が嬉しかった、って。

今更かもしれないけれど、あなたの気持ちに応《こた》えてもいいですか、って。

本当なら前回の収録後に伝えたかった言葉。

この十日間、いっそ仕事の後で待ち合わせして告白しちゃおうかって考えたりもした。

でも考えただけで、実行には移せなかった。

『連絡しない』と言い切った志波さんにアポを取るのは難しいかもと思ったし、誘った後になんの返信もなかったら絶対へこむから。

臆病《おくびょう》な自分が出てきてしまって、積極的には動けなかった。

「あと一時間以上ある……長いなぁ……」

チラリ、チラリと腕時計に視線を落としながら、スタジオの裏口でジッと待つ。どこかで時間を潰そうかとも思ったけれど、結局そんな気分にはなれなかった。

やがて店舗街の営業終了時刻になった。

ひと気が徐々になくなり、ショッピングモールの照明がいくつか落ちていく。

そうして周囲が暗くなっても、私はその場に居続けた。

通りに面したスタジオの窓は、モールが閉店の音楽を流す頃にロールカーテンを閉めてしまうと松尾さんから聞いている。つまり、今から行っても観覧はできない。

それに、木梨さんと鉢合わせしてしまうかもしれないと思うと、足が向かなかった。

「……十時まで、あと三十分」

大騒ぎする胸を押さえるように、バッグをギュッと抱え込む。

こうして一人でいると、胸の奥に燻《くすぶ》っている不安が少しずつ大きくなってくる。

あの日、二人きりのBスタで、志波さんは私に『好きだ』と告白してくれた。

「志波さん……」

彼の気持ちは、あのときからどう変化しているんだろう。

今も変わらない想いを抱いてくれている？

それとも……私に背を向けて『ごめん』と口にした時点で、気持ちは冷めてしまった？

この十日間、連絡を絶ったということは、志波さんの心はもう私から離れてしまったのかもしれない。

今日の生放送のときは、仕事と割り切って親切に接してくれただけかもしれない。

でも、本番前の志波さんの様子を思い返すと、まだ望みはあるかもって考えてしまう。

あの日にはっきり自覚した想いを……告げられなかった想いを、受け止めてもらえるんじゃないかって。

それともやっぱり、なにもかもが遅すぎた？

告白しても、今更だって呆れられてしまう……？

「……嫌われたくないなんて、我儘《わがまま》だよね」

そう呟《つぶや》いて、小さく横に首を振る。

……好きだと伝えること。話を聞いてもらうこと。

これ以上の贅沢《ぜいたく》は望まない。

そんな風に結論づけ、覚悟を決める。けれどどうしても期待して、また不安になって――

私にとって長い長い時間が過ぎた後。

放送を終えた彼が目の前に現れたとき、私の心臓はドキドキしすぎて壊れそうになっていた。

「……」

帰り支度を済ませて裏口から出てきた志波さんは、私の姿に気づいた直後、こちらを凝視したまま固まってしまった。

その背後からスタッフの一人がヒョコッと顔を覗かせる。

「どうしたんですか志波さん。――あれ、塚口さん？」

「あ、どうも、お疲れさまです……」

そこで言葉は途切れてしまった。

真顔の志波さんが足早に近づいてきて、大きな手で私の手首をガッと掴《つか》んだからだ。

「こっちに」

「志波さんっ⁉」

急に駆け出した彼に引っ張られて、よろめきながらその場を後にする。

「おい、幸弥――」

奥から聞こえた松尾さんの声は、またたく間に遠のいてしまった。

シャッターが閉まった店舗の間を、パンプスの音を響かせながら走る。

小降りだった雨は、ここに到着したときよりも勢いを強めていた。屋根つきの通路にいても、湿気を帯《お》びた冷気が足元から這《は》い上がってくる。

……でも、彼に掴《つか》まれた手首は熱い。

店舗街を通り抜けた私達は、やがてスタジオとは反対側のゲートに辿り着いた。

両膝に手を突き、はぁはぁと息をする。

「真帆」

呼ばれて顔を上げようとした私は、次の瞬間——志波さんに抱き締められていた。

「ちょ、待っ……」

「素っ気ない態度が続いたから連絡するのをやめたのに、そう宣言した次の日からメッセージを送ってきたり……今夜だって赤い顔して照れたかと思えば、俺を避けるみたいにスタジオから出ていったり……。なのにこうして待ってるとか……真帆はどれだけ俺を振り回したいんだよ……！」

「小悪魔か！」と続けた声は少し震えている。

困ったような、怒ったような、嬉しそうな……沢山の感情を混ぜ合わせた声色《こわいろ》だった。

……志波さんの表情が見たい。

そう思って上げた顔は、後頭部に回された大きな手によって、彼のシャツに押しつけられてしまう。

「でも……捕まえた」

雨音にかき消されそうなくらい小さな囁《ささや》きが頭上から降ってきた。

「この時間まで待ってくれてたってことは、期待していいんだよな？」

髪に吐息《といき》がかかる。

志波さんは私を腕の中に閉じ込めて、深呼吸を繰り返す。

「嬉しすぎて頭がクラクラしてきた……」

私は逃げることも抱き締め返すこともできなくて、ドキドキする胸を持て余しながらジッとしていた。

ふっ、と抱き締める力が緩《ゆる》む。

そろりと視線を上げると、鼻先が触れ合いそうなくらい近くに志波さんの顔があった。

熱を帯《お》びた眼差《まなざ》しから目を逸《そ》らせない。

やがて彼はゆっくりと瞼《まぶた》を閉じ、顔を更に寄せてきて――

「ダメです……っ！」

咄嗟《とっさ》に身を引いてキスを避けた私を、不満げに見下ろした。

「……真帆」

「あの、あの、いくら周りに人がいなくても、こっ、公共の場でこういうことするのはっ……いつ誰が通りかかるか分からないし……っ」

求められることは全然嫌じゃない。

むしろ嬉しいからこんなにドキドキしているし、全身が火照《ほて》ってしまう。

志波さんがまだ私を嫌いになっていないと分かって、一気に高まった期待に胸が膨《ふく》らんでいる。

でも……私は志波さんに告白するために今ここにいるのだ。

目的を果たさないまま彼のペースに呑み込まれてしまっては、意味がない。

――言わなきゃ。

キスされていっぱいいっぱいになる前に、はっきり『好きです』って言いたい。

秘めた気持ちは言葉にしなければ相手に伝わらない。

だから、きちんと口にしなきゃ……！

そう思うのに、今になって気持ちが焦ってしまう。

「なので、その、あの……っ！」

こ、告白だ。告白するんだ。

そのためには、どこか落ち着ける場所に移動して――

「良かったら、これから私の家に来ませんかっ？」

……あれ？

「――っ⁉」

な、なっなにを誘ってるんだ私ーッ⁉

いくら慌てていたとはいえ、まさかこんな言葉が出てきてしまうとは。

「違うんです、私、男の人を簡単に家に上げるような女じゃなくて……！」

おおお落ち着け私！

そう頭の中の私が叫ぶけれど、言葉は考えるより早く口から溢《あふ》れてしまう。

もう告白どころじゃない。自分の失言のフォローだけで精一杯だ。

「しっ、志波さんに聞いてもらいたいことがあって！　あとゆっくり話がしたいなっていうか、もう少し一緒にいたいなって思っただけで！　決して変な意味では……！　でもいきなり部屋に呼ぶなんてやっぱり変ですよね！　だから、その、どこかのお店で食事――」

「家、どの辺？」

美声が唐突に割って入ってきたことで、思考が停止する。

尋ねられるままに最寄り駅の名前を口にすると、頭の上に柔らかいものを落とされた。

「行こう」

リップ音を響かせて髪にキスした志波さんが、ようやく私を解放する。

なにがなんだか分からないまま、のぼせたようにぼんやりしていたら、そっと手を握られた。

自然な動作で指が絡められる。

志波さんは恋人繋ぎしながら私を促《うなが》し、タクシー乗り場に移動すると、停車していた最後の一台を捕まえた。

途中コンビニに寄ってもらってお酒とおつまみを買い、私のアパートに向かう。

移動の最中、私はずっと座席で身体を縮こまらせていた。

会話のない車内に響くのは、エンジン音と車体を打つ雨の音だけ。

──大変なことになっちゃった……

決死の告白を計画していたのに、気がつけば志波さんを家に招待する流れになっている。自分でも意味が分からない。

まさか自分のあがり症と失言がこんな事態を招くなんて、思いもしなかった。

車の窓ガラスに雨粒が流れるのをぼんやり目で追っていると、志波さんが繋いだ手を少し動かした。

「っ……！」

それだけで、私の鼓動は跳ね上がる。

大きな掌《てのひら》に包まれた手が熱い。

チラッと隣を窺《うかが》えば、彼は座席にゆったりともたれかかって目を閉じていた。

……ドキドキしているのは私だけなのかな。

視線を足元に落とし、密かに息を吐く。

タクシーは土曜日の夜の混雑する道を進む。私達はそれからも言葉を交わすことなく、ただ目的地に到着するのを待った。

やがて、停車したタクシーのドアがガチャリと開く。

途端に降り注《そそ》いでくる雨を傘で防ぎ、私達は肩を寄せ合ってアパートへと駆け込んだ。

「ここの二階です。……あ」

階段を上る最中に部屋の状態を思い出した私は、途端にサーッと青褪《あおざ》めた。

私の部屋は単身者用の1Kだ。シンプルな間取りなので、掃除は毎日短時間で終わる。今日も出勤前に使い捨てのフロアモップでサッと拭《ふ》き掃除をしてきたから、埃《ほこり》は落ちていないだろう。

問題なのは部屋干しした下着類だ……！

「せ、洗濯物だけ片づけたいので、ちょっと待ってもらってもいいですか……？」

扉の前でおろおろしながら隣を見上げる。

志波さんは私と目が合うと、曖昧《あいまい》な微笑みを浮かべた。

「……ダメですか……？」

繋いだ手がそっと離される。

「分かった。外にいるよ」

「すみません。できるだけ急ぎますから！」

私は玄関の鍵を開け、扉の内側へと滑《すべ》り込んだ。干したままの下着類を大急ぎで回収し、部屋の気になった部分をサッと片づけて、再び扉を開ける。

「……お待たせしました」

何日も前から心の準備を整えていたはずなのに、いざというときになってバタバタしてしまう自分が恥ずかしい。

どうにもいたたまれなくて、志波さんの顔から視線を下げる。

そこで彼の荷物に気づき、慌てて手を差し出した。

待たせちゃったのに、荷物を預かりもしないなんて。

自分の気の利かなさに泣きたくなりながら、コンビニの袋を受け取る。

「狭い部屋ですけど、どうぞ。適当に座ってください」

招き入れた彼に背を向けた私は——冷蔵庫の前で固まってしまった。

背後に密着する、少し湿った身体。

両脇からお腹の前に回された腕と、首筋にかかる吐息《といき》の感触。

ふわりと鼻を掠《かす》める、彼の香り——

「し、し、しっ、志波さんっ」

「うん？」

志波さんが甘えるように擦《す》り寄ってくる。

私を背後から抱き締める腕に、ギュッと力が籠《こ》もった。

緩《ゆる》やかなウェーブのかかったココアブラウンの髪が頰をくすぐる。

髪やシャツが少し濡れているのは、タクシーを降りたとき相傘《あいがさ》したせいだろう。

「タっ、タオル出しますから、あの、雨に濡れたままだと冷えちゃいますし……そうだ、なにか軽いものでも作りましょうか？　私こう見えて、意外と料理は得意――」

志波さんが小さく首を横に振った。

私の耳に寄せられた唇が、吐息《といき》交じりの囁《ささや》きを落とす。

「真帆が欲しい」

腹部に添えられた手がスルッと動いた。それは私が羽織《はお》っていたカーディガンの内側に潜《もぐ》り込み、ブラウス越しにウエストのラインを撫《な》でる。

「やっ……」

ビクッと跳ねた私を、志波さんはますます強く抱き締めてくる。

「真帆……」

艶《つや》めいた美声がまた私の名を呼んだ。

それだけで全身はカァッと熱を帯《お》びてしまう。

脇腹を撫《な》でていた手はブラウスの上を這《は》い、胸の膨《ふく》らみをそっと包み込む。

もう片方の手はブラウスのボタンをプチプチと外し始めた。

「志波さん、待って……！」

布をかき分けて侵入した手がブラに触れる。

指先が素肌を掠《かす》め、また身体がビクンと跳ねた。

「だめ……っぁ、ッ……」

「これ以上お預けされたら、俺の理性がもたない」

耳に囁《ささや》き込まれる美低音は、欲望を隠そうともしない。

耳たぶを甘く食《は》まれ、音を立てて舐められると、腰から力が抜けていく。

いやいやと首を振るのが精一杯だ。

「わ、たし……っ……志波さんに、言いたいことが……っ」

開《はだ》けたブラウスの下で肌を探る手を、震える手で捕まえた。

彼の大きな手は、胸の膨《ふく》らみを包んだまま動きを止める。

けれど悪戯《いたずら》な指先がブラのカップと素肌の境界線をくすぐるように撫《な》でるから、ドキドキせずにはいられない。

「後で聞くよ」

「今、言いたいんです……お願い……」

頬にチュッとキスされる。

「……なに？」

私を抱き締める腕の力が少し緩《ゆる》んだ。

乱れ始めた息を、気恥ずかしさや緊張感と一緒に呑み込む。

私は上体を捻《ひね》って背後を振り向いた。

至近距離にある志波さんの顔を見て、またドキッとする。

真剣な中に隠し切れない艶《つや》を滲《にじ》ませた表情。その視線はあからさまなまでに欲を孕《はら》んでいて——

言葉もなく見つめ合う時間は、数秒にも数分にも感じられた。

……なんだか無性に泣きたくなってしまう。

気がついたときには視界が涙で霞《かす》んでいた。

どうしよう。今夜に備えて沢山のセリフを考えていたのに。

必要なのは、たった四文字のシンプルな一言でしかないと気づかされた。

溢《あふ》れる想いを込めて、私はその言葉を口にする。

「好きです」

志波さんが目を見開いた。

私達の間に再び沈黙が落ちる。

外から聞こえる雨の音が妙に大きく感じられた。

やがて、彼がふっと息を吐く。

「このタイミングで言うかな……」

「え？　……あ、っ」

力の抜けかけた身体を、大きな手でくるりと反転させられた。

そのはずみでコンビニの袋が手を離れる。鈍《にぶ》い音を立てて床に落ちた袋から缶が一つ零《こぼ》れ出た。

「いや、こっちの話。——もう一回言って？」

正面から向かい合う。

火照《ほて》った顔をジッと覗き込まれて、羞恥心《しゅうちしん》がどんどん膨《ふく》らんでいく。

でも……その直後に気がついてしまった。

志波さんの顔も私と同じくらい赤い。

「好き、です……」

猛烈な気恥ずかしさを呑み込んで、二度目の告白。

彼から返ってきたのは、言葉にならない呻《うめ》き声だった。

長身が私にもたれかかる。

首筋にかかる吐息《といき》がくすぐったい。

「し、志波さん……？」

「……やばい。可愛すぎて辛い。我慢の糸が、切れるどころか吹き飛びそう」

もう一度はぁっと息をついて、志波さんが身動《みじろ》ぎした。

「俺も……好きだよ、真帆」

とびきりの美声を耳に吹き込まれて——

その直後、私の腰は砕けてしまった。

「う、ん……んんっ……！」

触れ合うだけのキスが、またたく間に濃密なものへと変わる。

口内へヌルリと滑《すべ》り込んできた舌に、私はたどたどしく舌を絡めた。

唾液《だえき》の絡む水音が唇の端から漏《も》れる。

その微《かす》かな音にまで煽《あお》られて、与えられるキスに酔《よ》う。

もう身体に力が入らない。震える指で彼のシャツを掴《つか》むのが精一杯だ。

「っふ、ぁ、っ……ん、ん……ッ」

志波さんは舌先で私の唇をチロリと舐め、忙《せわ》しなく息継ぎする口をまた塞《ふさ》ぐ。

崩れ落ちかけた身体が、逞《たくま》しい腕に抱き留められた。

背後でプツッと音がして、胸の締めつけが緩《ゆる》む。

ブラのホックが外されたんだ、と思い至ったときには、彼の指はブラウスの中に滑《すべ》り込んでいた。

「ん、んっ……は、ぁっ……」

大きな手がワイヤーを押し上げ、ふるんと零《こぼ》れ出た膨《ふく》らみを掬《すく》う。

やんわりと揉まれるだけで、ドキドキして堪《たま》らない。

「あんッ……」

彼の指先が胸の頂《いただき》を掠《かす》めたとき、自分でもびっくりするくらい甘えた声が出てしまった。

高く啼《な》いた私に気を良くしたのか、志波さんの愛撫《あいぶ》はますます大胆になっていく。

彼は冷蔵庫を背にした私を腕の中に閉じ込め、首筋に唇を滑《すべ》らせた。

そして胸の膨《ふく》らみを押し上げるように大きく弄《まさぐ》り、気まぐれに頂《いただき》に触れる。

「あ、っ……！」

指の腹で押し潰すように捏《こ》ねられると、背筋をゾクゾクしたものが駆け抜けた。

与えられる快感は鋭くて、なのに蕩《とろ》けるくらい甘ったるい。

「奥の部屋に行こう？　……ああ、力が入らないのか」

逞《たくま》しい腕にグイッと抱え上げられた。

半裸《はんら》の私を抱いた志波さんはキッチンを抜け、部屋の中へと迷いなく進む。

「ひゃっ」

ベッドに仰向《あおむ》けに転がされた直後、彼が覆《おお》い被さってきた。

乱れた服を整える猶予《ゆうよ》も与えられない。

やがて鎖骨の辺りを彷徨《さまよ》っていた唇が、ブラを捲《まく》り上げられたままの胸元に下りた。

「ッ……や、っあ、あぁ……っ！」

彼の唇と舌がピチャピチャと音を立てながら胸を攻める。

大きな手で柔らかな膨《ふく》らみが包み込まれ、先端の色づいた部分は丁寧に舐められた。温かくて濡れた舌がヌルヌルと這《は》い回る。

思わず背を反らすと、彼に胸を押しつけるような形になってしまった。

素肌に、ふっと息がかかる。

もしかしたら志波さんは、私の反応を『もっとしてほしい』という意味に捉《とら》えたのかもしれない。

勃《た》ち上がった頂《いただき》をチュウッと吸い上げられた。

「真帆……可愛い」

熱い掌《てのひら》が下肢《かし》に伸び、スカートの裾《すそ》から内側へと忍び込む。そして大きな手が震える太腿《ふともも》を大胆に撫《な》で上げた。

ストッキングと下着を太腿《ふともも》の途中まで脱がされてしまう。

私は咄嗟《とっさ》に身を捩《よじ》った。

「も、……これ以上っ、は……やめ、て、ッ……」

志波さんが唾液《だえき》に濡れ光る胸から顔を上げる。

「……どうして？　こんなに気持ち悦《よ》さそうなのに」

こちらの表情を覗き込むように顔を寄せた彼が、脚の付け根に割り込ませた手で淡い茂みをかき分けた。

長い指が潤《うる》み始めた秘裂を撫《な》で、中にヌルリと侵入する。

「あ、あぁ……ッ！」

ぬめりをまとった指先が内壁を探りだした。

同時に別の指で、その近くにある小さな粒を優しくくすぐる。

溢《あふ》れ出た蜜がクチュクチュと水音を響かせた。

「っ、ダメ……だめっ……我慢、できなっ……！」

キスと愛撫《あいぶ》に乱されながらも、必死に言い募《つの》る。

そもそも志波さんを家に呼ぶつもりはなかった。

したかったのは告白。ただそれだけだ。

この想いを受け入れてもらえるのかと不安でいっぱいだったり、見返りは求めまいと覚悟を重ねたり、ずっと落ち着かない状態だった。

これ以上に進展することへの心構えなんてできていない。

でも訴える声が喘《あえ》ぎ交じりでは、とても本気のお願いには聞こえないだろう。

ここまで許しておいて『やっぱり嫌』と言う私は、客観的に見ても矛盾しているとしか思えない。

私自身、本心がどちらにあるのか分からなかった。

本当にやめたいのか。

それともこのまま最後までしてしまいたいのか――

「じゃ、真帆が我慢できなくなるまで、ゆっくり進めようか」

体内から指を引き抜いた彼が、まとわりついた蜜を舐めてニヤリと笑う。

「え、なっ……ん、ぁっ」

それからしばらく、私は快感と羞恥《しゅうち》ともどかしさを順番に与えられることとなった。

志波さんは身悶《みもだ》える私を自《みずか》らの重みで押さえつけ、身体中をくまなく撫《な》でて、敏感な部分を次々と暴《あば》いていく。

「やッ……！」

我慢しきれず反応してしまうと、それがどんなに小さくても彼は見逃さず、そこを狙ってじっくりと攻めてくる。

志波さんに身を委《ゆだ》ねるのは初めてのことなのに……いつの間にか彼の手と唇は私の弱点を知り尽くしていた。

「ぁ、ぁ……も、ダメ……っ」

彼の的確すぎる愛撫《あいぶ》によって、身体は少しずつ昂《たかぶ》っていく。

腰の奥が堪《たま》らないほど疼《うず》きだし、体内が甘くおののいてしまう。

私の口から上がるのは拒絶とは真逆の、悦《よろこ》びをあらわにした嬌声《きょうせい》ばかり。

「あぁ……っ！」

「蕩《とろ》けた顔も可愛い……凄くそそる」

志波さんの手は、私の全身に一通り触れて反応を確かめた後、脚の間へと戻ってきた。

スカートの中で太腿《ふともも》が震える。

擦《す》り切れそうな理性の内側で、煽《あお》られた欲望が高まっていく。

「しば、さん……っ」

私の首筋から顔を上げた志波さんと、目が合った。

「もっと乱れたところ、見せてよ」

欲に濡れた笑みが間近に迫る。

唇を塞《ふさ》がれると同時に、秘裂を撫《な》でていた指がツプリと沈んだ。

「ん、んッ！」

早々に見つけられてしまった弱い場所……内壁の特に敏感なところをくすぐられながら、花芯をクニュクニュと弄《いじ》られる。

湧き上がる快感は、それまでの比ではなかった。

直前まで身体中を手や唇で撫《な》でられ続けていたからだろう。私の頭は恥ずかしさを覚えるより快楽を追うことに夢中になっている。

先ほどよりもずっと甘くて鋭い刺激が、腰から全身へと駆け巡る。

気持ち悦《い》い。

微《かす》かに残っていた理性がドロドロに溶けていく。

「んぅ、ん、っふ……ッ……あ、あぁっ……！」

濃密なキスを与えられた唇は、解放された途端に甘ったるい喘《あえ》ぎ声を溢《あふ》れさせる。

「我慢しないで達《い》っていい」

耳に熱い吐息《といき》がかかった。

艶《つや》めいた美声に、全身の感覚が引っ張られる。

「志、ッ……ゃ……ッあ、ぁ、ダメ、だめっ……、――ッ！」

ベッドに組み敷かれた身体がビクビクと跳ねた。

激情の波に呑み込まれた私は、一拍置いてくったりと脱力する。呼吸すらままならない。

……ここまで呆気なく限界を迎えてしまったことが信じられなかった。

志波さんが上体を起こし、呆然とする私を熱っぽく見下ろす。

力の入らない脚からストッキングと下着が抜き去られた。

ぼんやりする頭に、布がパサリと床に落ちる音と、なにかを破くような微《かす》かな音が届く。

けれど、それがなんなのかを考える前に志波さんが覆《おお》い被さってきて、私の意識はまた彼一色に染まってしまった。

与えられるキスは、まるで私を甘やかすみたいだ。

唇の端から、ピチャリ、ピチャリと濡れた音が漏《も》れ響く。

唇を舐めてくる舌先がくすぐったくて、気持ち悦《い》い。

「ぁ、ふ……ダメ……」

「真帆ってさ……天然っぽいけど確実に小悪魔系だよな」

私の唇を啄《ついば》んだり優しく食《は》んだりしながら、志波さんが笑み交じりに囁《ささや》いた。

「ずっと『良いな』って思ってた子が部屋に呼んでくれて、告白してくれて……とろっとろに蕩《とろ》けた顔で喘《あえ》いでるんだぜ？　甘ったるい声で『ダメ』って言われて、止まるわけがないだろう」

スカートの中に潜《もぐ》り込んだ手が太腿《ふともも》を撫《な》でる。

両脚を抱え上げられ、その間に逞《たくま》しい腰が陣取った。

「それとも……俺の気持ちをなにもかも分かった上で煽《あお》ってる？」

「ゃ……志波、さ……っ」

「俺のものになってよ」

晒《さら》された秘裂に、指よりも熱いものが添えられる。

それが前後する度に、ぬちゅりと粘ついた水音が鳴った。

「……本当にダメ？」

「んッ……」

「真帆」

欲に濡れた美声が私の名を呼ぶ。

私は喉《のど》をこくりと上下させた。

志波さんはこちらを真っ直ぐ見下ろしている。

その口角は上がっているけれど……熱を帯《お》びた目は辛そうに細められていた。

何故だろう。ここで私が嫌だと言えば、彼は絶対に身を引いてくれる……そんな確信がフッと心に浮かんだ。

――爽《さわ》やかな外見からは想像もつかないくらい強引で、柔らかな物腰とは反対に肉食系で。

そんな彼が、ぎりぎりのところで選択権を私に委《ゆだ》ねてくる。

そうされたらもう……お手上げだ。覚悟を決めるしかない。

「……ダメ、じゃ、ないっ……」

上擦《うわず》った声で答える。

「好きに、っしてくだ、っあ、あぁぁん……ッ！」

湧き上がる羞恥《しゅうち》を堪《こら》えて口にした言葉。けれど全て言い切る前に、硬い屹立《きつりつ》が私を一気に貫いた。

……違う、まだ全部じゃない。

「っ、キツい……ッ」

ぐ、ぐっと腰を押しつけられ、狭い体内を開いていく。

内壁を擦《こす》られる快感よりも、圧迫感のほうが強くて、思わず声を上げた。

「は……っは、……ゃっ……苦し……」

志波さんは欲望を全て収めきると、喘《あえ》ぐ私を宥《なだ》めるように唇を寄せてきた。

額《ひたい》や頬に優しいキスの雨が降る。

志波さんの手がシーツを離れ、私の汗ばむ肌を撫《な》でた。くしゃくしゃになったブラウスを大きく開《はだ》けさせ、ブラを丁寧に押し上げて、完全にあらわになった胸を包み込む。

柔らかな膨《ふく》らみが、彼の手の動きに合わせてふにゅふにゅと形を変える。

頂《いただき》をツンとつつかれ、くりくりと捏《こ》ねられると、遠のいていた快感が戻ってきた。

「あ、ぁ……」

吐息《といき》交じりの甘ったるい声が、雨音で満たされた部屋に響く。

体内が柔らかく蕩《とろ》け始めたのが伝わったんだろう。はぁっ、と息をついた志波さんが、私をゆっくりと揺すり上げた。

「あんっ……！」

「ずっとこうしたかった……真帆……っ」

唇が重なる。

潜《もぐ》り込んできた舌に、舌を絡め取られる。

口内をねっとりと舐められ、吐息《といき》までも奪われる。

指では届かなかった場所を、硬い欲望が擦《こす》り上げてきた。

途端に、身体の奥が甘く疼《うず》きだす。

「ぁ、はぁっ……志波、さっ……」

「……ん？」

「私も、嬉し……」

力の入らない腕を懸命に伸ばして彼の背中に縋《すが》りついた。

「ッ好き……っ」

手触りの良いシャツを、震える指でキュッと握る。

そういえば……私も志波さんも服を着たままだ。

思考が一瞬逸《そ》れかけたけれど、直後に内壁をグチュリと擦《こす》られ、どうでもよくなってしまう。

「んんっ！」

志波さんが噛みつくように私の唇を塞《ふさ》いだ。

優しいばかりだった律動が、激しいものへと変化する。

最奥を力強く穿《うが》たれて、強烈な快感が背筋を駆け上がった。

もう圧迫感はほとんどない。

彼から与えられるのは、ゾクゾクするような甘くて鋭い刺激ばかりだ。

口の端からくぐもった嬌声《きょうせい》が漏《も》れる。

「ん、んぅッ……っふ、ぁ、あぁっ……！」

濃密なキスから解放されても、唇から出る声はもう言葉にならなかった。

気持ち悦《い》い。

彼の欲望を咥《くわ》え込んだ体内は、とろとろと蜜を溢《あふ》れさせ、絡みついて彼を奥へ奥へと誘《いざな》う。

「真帆、真帆っ……！」

余裕を失った彼が耳元で囁《ささや》く。

私の名を呼ぶ声は掠《かす》れているのに、まるで蜜をまとったかのように甘く魅惑的に響いた。

……ああ。この声が好きだ。

志波さんが『真帆』と口にする度に、心がどんどん蕩《とろ》けていく。

身体の奥に直接的な快楽を与えられるのと一緒に、胸の中も悦《よろこ》びで満たされていく。

こうして一つに繋がっていられることが嬉しくて、幸せで。

揺さぶられて喘《あえ》ぎながら、うわ言のように「好き」の二文字を繰り返す。

「っは……ヤバい、止まらない……ッ」

耳元をピチャピチャと舐めた舌が首筋を伝《つた》い、胸元に下りて、肌をキュウッと吸い上げた。

一瞬痛みが走ったけれど、そちらに意識を向ける余裕はない。

胸を攻めていた指が下肢《かし》へと滑《すべ》り、淡い茂みの奥を探りだす。

溢《あふ》れ出る蜜を掬《すく》って濡れた指が、その上にある小さな粒を探り当てた。

敏感な粒を忙《せわ》しない動きでヌルヌルと弄《いじ》られて、電流のような快感が背筋を駆け抜ける。

「やっ、それダメ……ッ！　私っ、また、ッあ、あぁぁっ……！」

限界近くまで昂《たかぶ》った身体が、絶頂へと押し上げられた。

「っひ、あぁッ！」

私が達すると志波さんは一瞬動きを止めたものの、またすぐに体内を穿《うが》ち始める。

「ゃ、あ、あっ、あッ……！」

どうしよう。

声が止まらない。

二人分の乱れた息遣いと、繋がった場所が鳴らす淫《みだ》らな水音。そして、私の唇から絶え間なく溢《あふ》れる甘ったるい嬌声《きょうせい》。
その三つだけが耳に響いていた。
志波さんが、入口から深いところまで大きく擦《こす》り上げる。
欲望を湛《たた》えた瞳に見下ろされて、体内はますます甘く疼《うず》いてしまう。
時折、彼が堪《こら》えきれないといった様子で漏《も》らす声に、どうしようもなく煽《あお》られた。
気持ち悦《よ》くて堪《たま》らない。
頭の中がどうにかなってしまいそうだ。
腰が跳ねる。太腿《ふともも》が震える。
続けざまに絶頂が近づいてくる。
もうなにも考えられなかった。
「つふ、ぁ、あっあぁぁッ、――っ！」
「う、くっ……」
限界を迎えた私は、体内を犯す屹立《きつりつ》を二度、三度と締めつける。
強くうねる内壁に促《うなが》されたように、志波さんが一際《ひときわ》深く突き上げた。
最奥に熱い欲望が注《そそ》がれる――
「ッは……」
薄い膜越しに熱を吐き出した志波さんが、私の肩口に顔を埋《うず》める。

ココアブラウンの髪が汗ばんだ肌を撫《な》でた。

そんな彼を、私は柔らかく抱き留めたのだった。


朝から降ったりやんだりを繰り返していた雨は、順番にシャワーを浴びている間に、また強い風を伴《ともな》う激しい雨に変わったようだ。

コンビニで買ったきり放置していたお酒は、袋の中ですっかり温《ぬる》くなっていた。

「志波さんって、お酒強いんですか？」

「ビールくらいじゃ酔《よ》わないけど、喉《のど》ごしが好きだからよく飲むよ」

私はパジャマ姿でラグの上にペタンと座り、缶カクテルをちびちび舐めるように飲む。

背後に座る志波さんを振り返ると、缶ビールをグイッと呷《あお》っていた。

喉仏《のどぼとけ》が上下する様《さま》は妙に色っぽい。

急に気恥ずかしくなった私は、慌てて顔を正面に戻した。

今は後ろからすっぽり抱き込まれた体勢だ。

これは、ちょっと……いや、かなり照れ臭い。

志波さんが着ていたシャツは洗濯中なので、私の背中には彼の素肌が密着している。

パジャマ越しに伝わる熱を感じただけでドキドキするし、缶ビールを持つ手が視界に入ってくる度にそわそわしてしまう。

志波さんの腕って筋肉質なんだなぁ……

骨ばった大きな手が缶を持ち上げると、前腕に筋が浮き出る。

『この手に乱されたんだ』『この腕に抱かれたんだ』ってぼんやり考えていたけれど、我に返った途端に直視できなくなってしまった。

こんなの、明るい室内で考えることじゃないよ！

そういえば……凄い今更だけど、初エッチなのに電気を点《つ》けたまま最後までしてしまった。ムードもへったくれもない。

そ、それに、服を着ていたとはいえ、大事なところをいろいろと晒《さら》しちゃったわけで……

身体はもちろん、表情なんかも全部見られちゃったわけで……

「うぁ……！」

あまりにも恥ずかしくて、気を紛《まぎ》らわせるために缶カクテルを一気に呷《あお》る。

半分以上残っていた中身をゴクゴクと飲み干すと、途端に視界がぐるりと回った。

私はアルコールに強くない。

缶カクテル一本で充分酔《よ》えるレベルだ。

濃密な睦《むつ》み合いで疲れた身体が、カァッと熱を帯《お》びていく。

あ……もう酔《よ》いそう……

頭をふらつかせていると、背後から声がかかった。

「いきなりどうした？」

志波さんはローテーブルに缶を置き、その手で私の髪を梳《す》くように撫《な》でる。

「な、なんでも、っひぁ！」

あらわになった耳に、ふっと息を吹きかけられた。

反射的に肩を竦《すく》めて逃げる。

けれどグッと抱き寄せられ、元の位置に戻された。いや、むしろ前より密着した体勢だ。

「なに？　言ってよ」

「……っ……その、ずっと明るいままだったなって……」

「ああ、抱かれてるとき？　今頃照れてるのか？」

「～～～っ！　……は、恥ずかしいものは恥ずかしいんです……」

思わず語尾がすぼまる。

『抱かれてる』とかサラッと言わないでほしい。

事実だけど。事実だけどー！

「照れなくてもいいのに」

志波さんはクスクス笑って、私を包み込む腕の力を強めた。

5

俺の腕の中に小さく収まっている真帆を見て、つい笑みが零《こぼ》れてしまう。

後ろから抱きかかえているから、その表情は分からない。

けれど囁《ささや》きを落とした耳が赤くなっているので、照れているのは一目瞭然《いちもくりょうぜん》だった。

こういう態度を取られると、もっと苛《いじ》めたくなってしまう。

その半面、甘やかしたくもなる。

俺は湧き上がる衝動のままに、彼女を囲う腕の力を強めた。

「可愛かったよ。とろんとした瞳で見上げられるとゾクゾクしたし、唇がちょっとだけ開いてたのもキスを強請《ねだ》られてるみたいでそそられた」

いい匂いのする髪に頬を擦り寄せ、そっと前を覗き込む。

「その、胸元の赤い跡《キスマーク》も。俺がつけたって思うだけで支配欲が満たされる」

つけたばかりの所有印は、パジャマの襟元《えりもと》から見え隠れするところにあった。

すべすべした白い肌に煽《あお》られて散らした赤い跡。衝動的にしてしまったものだが、この位置なら服を着れば上手く隠れるだろう。

……いや、それでもチラチラ見えるか？

真帆が俺のものだって主張するのには都合が良い。

しかし、不用意に他人の目に触れさせるのは……

まあ、つけてしまったものは仕方がないか。消えるまでの数日間、満足感とやきもきを一緒に味わわせてもらおう。

気を取り直し、細い腰に添えていた手をスルリと動かす。

真帆が慌てたように手首を掴《つか》んできたが、その程度ではなんの抑止力にもならない。

彼女の赤らんだ頬にキスをする。形の良い胸をパジャマ越しにそっと包み込み、頂《いただき》をツンとつついた。

「やっ」

「──あれ、またブラ着けてる」

それに気づいた途端、ムズムズと悪戯心《いたずらごころ》が湧き起こる。

隠されたら暴《あば》きたくなるのは仕方がないよな。うん。

「また脱がせてほしい？」

「んっ……」

鼻先で後ろ髪をかき分け、うなじにチュッとキスする。

すると華奢《きゃしゃ》な身体がピクンと跳ねた。

「待って、私……志波さんのこと、もっと知りたいんです……だからゆっくり、お喋《しゃべ》りしたいなって……っ」

「それなら、まず真帆のことを教えてよ。俺に対して思っていることでも、自分のことでもいいから」

「私の……？」

真帆は躊躇《ためら》いながらも、上擦《うわず》った声で言葉を紡《つむ》ぎ始めた。

「わ、たしっ……今日は朝から、ずっとドキドキしてて……」

三度目の収録の日、本当は彼女からも好きだと言いたかったこと。

今日までの十日間、俺に逢おうかと何度も迷ったこと。

今夜は絶対に想いを伝えるんだと意気込んで、告白の言葉を沢山考えていたこと。

何故か俺を部屋に呼ぶ流れになってしまって、内心とても焦っていたこと——

小さな唇から出てくる言葉はどれもが真っ直ぐで、耳にくすぐったく響く。

一度肌を重ねた後だからか、真帆は妙に素直だ。

「本当は……『真帆』って呼ばれるのも、嬉しかった……」

「……そっか」

「これから、私、もっ……二人きりのときは、幸弥さんって呼んで、いいですか……？」

「もちろん」

頷きながらも、胸の形を確かめるように撫《な》で続ける。

快感のせいで途切れがちになる真帆の声は、普段の真面目さからは想像できないくらい色っぽい。

「……は、ぁ……待って、まだ、言いたいことが……」

「なに？　このまま聞くよ」

上気した顔が躊躇《ためら》いがちに振り向く。

「お願い……もう、口説《くど》き文句は……誰にも、言わないで……」

潤《うる》んだ目がそっと伏せられた。

「リップサービスでも、っ……勘違いしちゃう子、絶対いる、と、思うんです……だから……っ」

「初めて逢った頃、俺が軽い感じでいろいろ言ってたせいだよな」

「ん、っ」

手を添えて、俯《うつむ》いた顔をクイッと上げる。

親指の腹で唇を撫《な》でてやると、そこが微《かす》かに震えた。

「不安にさせてごめん。でもあの頃から口説き文句は真帆にしか言ってないし、もちろん冗談やお世辞《せじ》なんかじゃない。全部本音。他の子なんて目に入らないよ」

目の前で、可愛い顔がカァッと熱を帯《お》びる。

「真帆は俺に褒められたりするのって嫌？」

頬に唇を寄せると、真帆はくすぐったそうに目を細めた。

そして華奢《きゃしゃ》な身体を俺に預けてくる。

「……志……幸弥さん、と……二人きりのときなら、うれしい……じゃあ、いま私のため、だけに……色っぽい声で、囁《ささや》いてくれますか……？」

「っ……もちろん」

今度はこちらが照れる番だった。

なんなんだ、この可愛い生き物は。

俺は照れ臭さを誤魔化《ごまか》すように、止めていた手の動きを再開させた。

「真帆」

俺の中で一番大切になった名前は、意識しなくても声に色艶《いろつや》が乗る。

「あッ……」

「真帆が可愛く乱れるところ、もっと見せてよ」

耳元で吐息《といき》交じりに囁《ささや》いた。

パジャマの合わせ目に指を潜《もぐ》り込ませ、胸元をツッと撫《な》でる。

「これ、自分で外せる？」

胸の膨《ふく》らみを緩《ゆる》く撫《な》でながら、パジャマの丸ボタンを指先でつつく。

ラグの上で背後から抱きかかえているうちに、不思議なくらい従順になってしまった真帆は、俺のお強請《ねだ》りにどこまで応《こた》えてくれるだろう。そう思って聞いてみたのだが……。

「……うん」

俺にカクテルの空き缶を預けると、時折ピクンと身体を跳ねさせながら、自《みずか》らボタンを外し始めた。

……従順すぎるだろ。

真帆は一度受け入れた男にはどこまでも甘くなるタイプなのか？

「幸弥さん……っ」

微《かす》かな呼びかけに、考え事を中断させる。

……まあ、いいか。

少し驚いたが、嬉しいことに変わりはない。

「全部外せたな」

俺は気を取り直して、あらわになった素肌に手を這《は》わせた。

片方の肩を滑《すべ》り落ちたパジャマが、彼女の肘《ひじ》の辺りで止まる。

中途半端に脱がせた姿が情欲をかき立てる。もちろん最後には一糸《いっし》まとわぬ姿も堪能させてもらうつもりだ。

ブラのカップの中から柔らかな膨《ふく》らみを掬《すく》い上げる。

ふるんと零《こぼ》れ出た胸を揉むと、色づいた先端がぷくりと勃《た》ち、その存在を主張し始めた。

「ぁんっ」

「ここ触られるの、好きなんだな。ほら、もうこんなに硬く勃《た》ってる」

「ん……すき……」

甘えた声を耳にして、俺の喉《のど》がゴクリと鳴る。

不完全に曝《さら》け出された肢体《したい》は、蕩《とろ》けた表情と相まってひどく艶《なま》めかしい。

先ほど抱いたばかりなのに、俺はもう既に理性を失いつつある。

だが二度目は勢いに任せたりしない。

真帆の頭から足先までを快楽で染め上げてから、ゆっくり堪能したい。

一晩かけて、この身体中に俺の想いを刻みつけたい。

俺は身体の奥から湧き上がる衝動を堪《こら》え、余裕な態度を装《よそお》った。

「真帆、力を抜いて。俺に身を任せて」

胸を中心に、肩から脇腹まで、素肌を繰り返し撫《な》で上げる。

真帆が首を仰《の》け反《ぞ》らせれば、晒《さら》された喉元《のどもと》にキスを贈り、こちらを振り向けば、小さく喘《あえ》ぐ唇に自分のそれを重ねる。

胸の膨《ふく》らみを愛《め》でていた手で頂《いただき》に触れた。掌《てのひら》で円を描くように撫《な》で、指先で挟んでくりくりと捏《こ》ねる。

「ん、ぁ……っ」

腕の中の肢体《したい》が恥ずかしそうに震えた。

「イイ顔。真帆はそっと触れられるほうが感じるんだな」

真帆を煽《あお》るように、声に艶《つや》を含ませる。

「……は、ぁ……見ないで、っ……」

「どうして？　とろとろに蕩《とろ》けた顔も、ピンク色のここも、凄く可愛いよ。ずっと眺めていたいくらいだ」

本心からの想いを耳に吹き込み、一方の手を下肢《かし》に伸ばす。

パジャマの中に潜《もぐ》り込ませた指で脚の間を辿ると、下着は既に湿り気を帯《お》びていた。

下着越しに秘裂を優しく弄《まさぐ》る。

「……濡れてる。ほら、俺が指を動かす度にいやらしい音がするの、真帆にも聞こえるだろう」

「やっ……幸弥さ、っ……」

「こら、脚を閉じない。もっと気持ち悦《よ》くなりたいだろう？」

真帆がピクッと震えた。

こちらを仰《あお》ぎ見た彼女は潤《うる》んだ瞳で眉根を寄せ、ふるふると首を振る。

「声、でちゃう……はずかしいっ……」

今更すぎる一言に、思わず苦笑してしまった。

部屋に俺を招き入れてから今まで、この可愛い唇は何度も甘ったるい啼《な》き声を上げていたのに。

「大丈夫、雨の音が凄いから外には聞こえないよ」

下着の中に忍び込ませた指で、淡い茂みをかき分ける。

探り当てた花芯に小刻みに刺激を与えると、真帆は喘《あえ》ぎながら艶《なま》めかしく腰を揺らし、俺の腕の中で呆気なく果ててしまった。

しかし手は休めない。花芯に置いた指とは別の指を潤《うる》んだ秘裂に埋《うず》め、熱く蕩《とろ》けたぬかるみをクチュクチュと探る。

もう一方の手で胸を攻める。舌で首筋を舐め上げ、耳を甘く食《は》む。

「っあ……っ！」

「真帆の色っぽい声は俺だけが知っていればいい。達《い》くときの可愛い顔もね」

「ふ、ぁ、あっ、あぁァッ……！」

間《ま》を置かず次の絶頂を迎えた肢体《したい》がビクビクと震え、体内に挿《い》れた指をきつく締めつけた。

真帆は花芯を刺激されると簡単に達してしまうようだ。

この身体が快楽に従順なのは、元々そういう体質なのか、それとも過去の男に躾《しつ》けられたのか――

そこまで思考が流れたところで、俺は大きく息をついた。

ふと頭を過《よぎ》っただけの可能性にイラッとしてどうするんだ。

その考えを頭から振り払った俺は、くったりと弛緩する真帆を抱え上げた。

ベッドに下ろした彼女に覆《おお》い被さり、身体中を手と唇で愛撫《あいぶ》する。

「でんき、けして……」

中途半端に脱がせたパジャマや下着類をスルスルと剥《は》ぎ取り、一旦身を起こして照明のリモコンを操作し、暗くなった部屋で自分も全裸《ぜんら》になった。

そして再び真帆に伸しかかる。

汗ばむ肌を彼女にピタリと添わせながら、枕の近くに隠した小さなパッケージの位置を確かめた。

この避妊具は部屋に来る前に寄ったコンビニで買ったものだ。彼女がシャワーを浴びている間に、手に取りやすいところに隠しておいた。

装着はもう少し後でも良いだろう。

俺は熱《いき》り立った屹立《きつりつ》を真帆の太腿《ふともも》に擦《す》りつけた。

抜き身の欲望が柔らかな肌に触れるだけでも気持ち悦《い》い。

「えっち、するの……？」

「……やめる？」

先走りが滲《にじ》むほど興奮している自分が、やめると言われて素直に聞けるとは思えなかった。

けれど彼女が嫌がることをするつもりは微塵《みじん》もない。

「ゆきや、さん」

彼女の顔を見つめていると、ほっそりした腕が緩慢《かんまん》な動きで俺の背中に回された。

「もっと、して」

真帆の口からそっと囁《ささや》かれた言葉は――今度こそ、俺の理性を粉々に打ち砕いた。

こんなに可愛くお強請《ねだ》りされたら、自制心なんて保てるわけがない。

噛みつくように唇を奪い、口内に潜《もぐ》り込ませた舌で真帆のそれを捕まえる。

いやらしい音を立てて舌を濃密に絡ませながら、すべすべとした肌を敏感なところばかり狙って手で愛撫《あいぶ》した。

「んっん、ん……っは、あ、あぁっ……！」

まだ達した余韻《よいん》が残っていたんだろう。組み敷いた身体は、あっという間に感度を高めていく。

ほどなくして絶頂を迎えたようだが、それでも俺は攻めの手を緩《ゆる》めない。

早く挿《い》れたい。

だが、もっと悦《よろこ》ばせたい。

この身体をドロドロになるまで蕩《とろ》けさせて、真帆の口から強請《ねだ》らせたい。

「っひ、ぁ、ぁっ……幸弥さん、っ……！」

「気持ち悦《い》い？」

「んッ……うん、きもち、い……っ！」

甘ったるい喘《あえ》ぎ声に欲をそそられ、媚態《びたい》に煽《あお》られながら、俺は夢中で愛撫《あいぶ》を重ねた。——なのに。

「っ……も……げんかい……」

舌で可愛がっている最中、俺の顔を挟んでビクビク震えていた太腿《ふともも》が、不意に力を緩《ゆる》めた。

俺は秘裂から舌を抜き、おもむろに顔を上げる。

「真帆？」

「すき……ゆきや、さ……」

組み敷いた身体がくったりと脱力する。

真帆は全てを言い切る前に瞼《まぶた》を閉じ……眠りの世界へと旅立っていった。

「……嘘だろ……？」


翌朝、寝起きの真帆から謝られた。

聞けば、あのアルコール度数三パーセントの缶カクテルで酔《よ》ってしまったという。それを聞いた俺は、思わず絶句してしまった。

どうやら彼女は酔《よ》うと饒舌《じょうぜつ》になるタイプらしい。

更には思考が素直になる上、突然眠くなってしまうようだ。

酔《よ》って記憶をなくすことは滅多にないが、ベッドに上がる前くらいから激しい睡魔と闘っていたため、昨晩のことはよく覚えていないとのこと。

……とても外では飲ませられないな。

そんな風に考えながら、無言で全裸の真帆に伸しかかった。

カーテンの隙間《すきま》から陽《ひ》の光が差し込む部屋の中で、昨晩の続きをしたのは言うまでもない。


——俺の武器。

それは当然ながら、この〝声〟だ。

俺の声が女性を惑わせると最初に気づいたのは、声変わりが完全に済んだ思春期の頃だった。

この声は、女性の耳にかなり魅力的に響くらしい。

俺が少し意識して艶《つや》っぽい声を出すと、大抵の女性はまるでフェロモンにあてられたように蕩《とろ》けた状態になる。

狙った相手は軽く囁《ささや》くだけで簡単に手に入ったから、今まで恋愛面で苦労した経験など一度もなかった。恋の駆け引きすらした記憶がない。

そんな状態だったため——社会人になる頃にはもう、女性関係には煩《わずら》わしさしか感じなくなっていた。

声の活用法といえば、ラジオ番組の中でたまに艶《つや》交じりの声を出して、リスナーの反応を楽しむくらいだった。

『志波さんの声のファンです』と言われることに、喜びと落胆を同時に覚えるようになったのは、いつからだろう。

相手の興味が俺自身より声のほうにあると気づくと、途端に好意が萎《しぼ》んでしまう。

〝俺の声に惑わされない子に出逢いたい〟

気がつけば、そんな願望を抱くようになっていた。

初対面の女性には、軽く色艶《いろつや》を含ませた声で褒め言葉を言い、相手がどう反応するかを試す、という妙な習慣が身についてしまった。

真帆に出逢ったあの日……最初に違和感を覚えたのは、打ち合わせブースの中で顔合わせをした直後だ。

彼女には――俺の〝声〟が効いていない？

そう気がついた途端、心臓がバクンと跳ねた。

真帆は可愛い。

目を見張るほどの美人ではないが、内面から滲《にじ》み出る可愛さがある。

俺が声色《こわいろ》や態度を変える度に、照れたり困惑したりとコロコロ変化する表情。

収録中、拙《つたな》いながらも一生懸命に語る真面目な態度。

嬉しいときにパァッと輝く笑顔も、喜びすぎた自分自身を恥ずかしがる素振りも。

彼女の一挙手一投足《いっきょしゅいっとうそく》にグッときて、加虐心《かぎゃくしん》と庇護欲《ひごよく》を同時にかき立てられた。

……真帆自身はきっと気づいていないだろう。『プロって凄いですね』という何気ない呟《つぶや》きが――声の魅力を抜きにした〝喋《しゃべ》り〟の部分だけを評価してくれた一言が、俺をどれだけ感動させたか。

そんな彼女が、俺の声に耐性を持っているかもしれないと思うと、期待は何倍にも膨《ふく》れ上がった。

真帆は俺の本気の声にどんな反応を示すのだろう？

強く興味を引かれた俺は、エレベーターの中で彼女と二人きりになり、ここ数年で一番というくらい気持ちを込めて囁《ささや》いてキスをしてみたのだが……

まさか、平手打ちが返ってくるとは思わなかった。

いま思えば、真帆の気持ちも考えずにあんなことをして、ひどいにもほどがある。

けれど、あれが執着心の芽生《めば》えた瞬間だった。俺は強烈に彼女に惹《ひ》かれた。

同時に、自分の声の効果が薄れたのではないかと考え、電話口で真帆の同僚に試してみたりもした。

二度目の収録に来た真帆の態度に変化はなかった。

キスも平手打ちもなかったことにされた？　もしかして俺は真帆の眼中にないのか？

なんて、らしくなく胸をざわつかせながら打ち合わせに臨《のぞ》んだ。

楽しい収録の後、真帆がホッと気を緩《ゆる》めたタイミングで話しかけてみる。

電話を取り次いでくれた女性の様子がどうだったか尋ねると、彼女からは狙った通りの効果を得られたようだった。

つまり、声の効果が薄れたわけじゃない。俺がいくら意識して囁《ささや》いても、反応の薄い真帆が特別なんだよな。

少し安心した一方で、焦りも覚え始めていた。

俺は……褒め言葉を囁《ささや》く以外の口説《くど》き方を、知らない。

世の中の男達は一体どうやって気になる相手を口説《くど》くんだ？

どうすれば、真帆の関心を得られる？

どうすれば、真帆から好意を引き出せる？

自分の武器が効かない相手を前にして、俺は躍起《やっき》になっていた。

『押してダメなら引いてみろ』と、どこかで聞いた覚えはあるが……

俺が引いても、真帆は追いかけてこないかもしれない。ラジオ出演の仕事が終わったら、そのまま縁が切れてしまうかもしれない。

それだけは避けたい。

俺は余裕の態度を装《よそお》いながら必死で考えた。

その結果、押してダメなら押し倒せくらいの勢いで迫ったのだが……まさか泣かれるとは思わなかった。

だがそれ以上に解《げ》せないのは、その後の彼女の態度だ。

どうして突然『男からは尻軽に見える』なんて自虐《じぎゃく》めいたことを言い始めたんだろう。

彼女のどこをどう切り取ったらそんな言葉が出てくるんだ。逆だろ、逆。

追いかけても逃げていく真帆を手に入れるにはどうしたら良いかって、こっちはこんなに悩んでるっていうのに。

『俺にずっと憧れていた』と言った口で『幻滅した』と告げてきた、彼女の真意も分からなくて……

『なあ、ずっと憧れてた相手に幻滅する理由ってなんだと思う?』

二度目の収録の後、真帆と別れてラジオ局に戻ったところで、その場に居合わせた松尾に話を振ってみた。

ラジオ局の局員である松尾とは、パーソナリティとディレクターの関係だが、個人的にも数年来の付き合いがある。

松尾が独身だった頃から親しくしていて、現在の愛妻家な一面も、一歳の娘を溺愛する父親としての顔も知っている。一方の松尾も、俺が遊んでいた時期のことをよく知っていた。

『……塚口さんとなにかあったのか?』

松尾はメガネのレンズ越しに、こちらの胸の内を探るような視線を向けてきたが、俺は言葉を濁《にご》す。

真帆とのことを普段のように気軽に相談する気にはとてもなれなかった。

『幻滅する理由か……そうだな、相手の本性が想像を遥かに下回るレベルだったとか、最低な一面を見てがっかりしたとか、単純に嫌いになったとか?』

松尾の意見を聞いても、微妙に納得できなかった。

真帆は泣きやんだ後、会話の途中で突然顔をカァッと赤くした。俺のことを心から嫌っているのなら、あんな反応はしないはずだ。

打ち合わせ中の真剣な表情や、ふとした瞬間に見せる屈託《くったく》のない笑顔も、充分魅力的だったが……

あの表情にはやられた。可愛すぎるだろ！

真帆は普段、甘い雰囲気を微塵《みじん》も出してこない。だから尚更あのギャップにドキッとさせられた。女の顔をした真帆に潤《うる》んだ瞳で見上げられて、身体の芯を揺さぶられた気がした。

ずっと抱き締めていたら、またキスしたくなる。

もっと触れたくなる。

場所も時間も考えずに求めてしまう。

そんな確信があったから、俺は慌てて彼女から距離を置いたのだ。

『で、なんなんだ？　質問の意味が分からん』

『……どうやったら挽回《ばんかい》できるかなってさ』

『つまり彼女を幻滅させるようなことをしでかしたんだな……』

松尾が頭を抱える。

『なぁ幸弥。お前の声になびかない女の子は確かに珍しいだろうが、だからって誰かれ構わず口説《くど》きまくるのはどうかと思うぞ。お前、もう三十路《みそじ》だろうが』

『人聞きの悪いことを言うな。遊びはとっくに卒業してる。それに、来年の二月まではまだ二十代だ』

『仕事で知り合った子に、現在進行形でちょっかいを出してるくせに』

『っ！　俺は軽い気持ちじゃ――』

反論しようとたものの、言葉は続かなかった。

……確かに最初はゲーム感覚というか、俺の声に惑わされない女性への興味が先行していて、わりと軽い気持ちで攻略しようとしていたからだ。

『本気になればなるほど、軽く口説《くど》いた過去を後悔することになるぞ』

松尾がメガネのフレームを指で押し上げながら真剣に語る。

その一言に、真帆から告げられた言葉が重なった。

――口説《くど》き文句を安売りすると、本当に好きな人ができたときに信じてもらえなくなりますよ。

『……！』

甘い声も、褒め言葉も、全部が裏目に出ていた？

忠告を無視してキスしたから泣かれた？

……ああ、そうだ。真帆は『気持ちが追いつかない』とも言っていたじゃないか。

急にあれこれ仕掛けたことは、俺が思う以上に、彼女にとってショックだったのかもしれない。

『大事な一言は、ここぞってときに使うものなんだよ。つーかお前、へこんでるってことは、もしかして後悔の真っ最中か』

『……うるさい』

胸の奥がザワザワした。

困り顔の真帆も可愛かったが、あの表情をずっと見ていたいわけじゃないんだ。

泣き顔なんて見たくない。

見るなら笑顔がいい。

俺の隣で、ずっと笑っていてほしい。

そう考えて──俺は愕然《がくぜん》とした。

『時間は関係ないよ。一目《ひとめ》惚《ぼ》れすることもある』

真帆に告げたときは無意識だったが、あれは俺自身のことだったんだ……

いつの間にか芽生《めば》えていた恋心。それを自覚してしまえば、もう興味本位の軽い気持ちで接することなんてできなかった。

そこからの一週間、俺の感情は乱高下《らんこうげ》した。

……真帆が嫌がるなら、口説《くど》き文句は封印しよう。まずはそこからやり直そう。

そう決めたものの、今まで武器にしてきた〝声〟も〝言葉〟も封印したら、俺にはなにも残らない。

薄っぺらい恋愛経験しか積んでこなかったことを後悔しながら、めまぐるしく頭を働かせ、彼女を振り向かせるには一体どうしたら良いのかと考え続けた。

無難な日常会話しかできないことが、もどかしくて仕方がなかった。

真帆からの返信は来ないと分かっていても、反応を待ち焦がれていた。

……諦めたくはない。

このままでは終われない。

そんな気持ちは日増しに膨《ふく》らんでいくのに、行動に移すことができなくて、また焦りが募《つの》ってしまう。

悪循環によって溜まりに溜まった感情は、一週間後――真帆に直接ぶつけるという最悪の形で爆発してしまった。

情けない。格好悪い。なじるような声での告白なんてしたくなかった。

一生の恋を、俺は自爆で終わらせてしまったのだ。

口を引き結んだ真帆を見て……これ以上押しても彼女は俺に振り向いてくれない、と思った。

涙を懸命に堪《こら》える真帆が、最後に意を決してなにを言おうとしたのか……聞くのが怖くて咄嗟《とっさ》に作り笑いを浮かべた。

だが俺は――こんなに無様な自分を晒《さら》してもなお、彼女を諦めるつもりはなかった。

次回の生放送を終えてしまえば、仕事上の接点はなくなるが、俺は幸運にもプライベートの連絡先を知っている。放送が無事に終わったら——仕事相手ではなく一人の男として、真帆を振り向かせるために努力する。

真帆が決定的な拒絶の言葉を口にするまでは、望みを捨てずに足掻《あが》いてやる。

そして……最後の生放送日までは、電話もＳＮＳも自重する。これ以上、真帆の前で失言はしたくない。

そんな決意をした。

だが翌日、何故か真帆からメッセージが届き始め、喜びと困惑が混ざった感情を持て余すことになる。

自分から『なにもしない』と言った手前、返事をするのは躊躇《ためら》われた。それに、もし彼女の機嫌を損ねてしまったら……

返信したい気持ちを堪《こら》えつつ日々を過ごし——

最後の生放送に臨《のぞ》むべく、俺はサテライトスタジオに向かったのだった。

——と、まぁ……ここ一ヶ月、特に後半の二週間は俺らしくもなく悩みに悩み、悲観的にもなったりした。だが、今こうして真帆の傍にいられるのだから、無駄ではなかったと思いたい。

すっかり明るくなった室内で、真帆はベッドの上に艶《なま》めかしい肢体《したい》を晒《さら》しながら、ぐったりしている。

「大丈夫か？」

「……じゃ、ない……です……」

使用済みの避妊具を手早く処理し、彼女の隣に片肘《かたひじ》を突いて横たわる。

空いた手で頭をよしよしと撫《な》でてみたところ、真帆は寝返りをうって顔を背《そむ》けてしまった。

「真帆」

華奢《きゃしゃ》な背中にキスを落とす。

「真帆。顔、見せて」

そう囁《ささや》きつつ、細い肩に唇を滑《すべ》らせる。

やや間《ま》を置いてこちらを向いた彼女は、真っ赤な顔に恥ずかしそうな表情を浮かべていた。

寝起きを襲われて怒っているのかと思ったが、どうやら照れていただけのようだ。

そんな態度を取られると、なんだか俺のほうまで照れ臭くなってしまう。

「おはよう」

「……もうお昼前ですよ」

今更すぎる朝の挨拶《あいさつ》に、真帆が呆れたような声を返してくる。

けれど、その声色《こわいろ》には甘さが滲《にじ》んでいた。

素っ気ない言動は羞恥心《しゅうちしん》を隠すためだと知ってしまえば、愛《いと》おしさばかりが湧き上がる。

笑みを浮かべた顔を近づける。

「……ん……」

公開生放送の翌日の日曜は、甘くて柔らかい口づけから始まった。

6

志波さん——幸弥さんは、寝起きの私を散々《さんざん》啼《な》かせた後も、私のことをずっと構い倒した。日が暮れてしばらくした頃に「仕事に行かないと」と言って、名残惜《なごりお》しそうに私を解放する。

幸弥さんは日曜の夜にも生放送のラジオ番組を持っているそうだ。

松尾さんがいるあの放送局とは別の放送局に、今から行くらしい。

私は足腰に力が入らない状態で、まともに歩くこともできず……ベッドの上でされたディープキスを最後に、彼の温もりから離れた。

広い背中が玄関扉の向こうに消えると、部屋は静寂に包まれる。

……独り暮らしは慣れているはずなのに、幸弥さんがいなくなった途端、寂しさが湧き上がってきた。

1Kの部屋が、妙に広く感じる。

玄関の鍵をかけてよろよろとベッドに戻り、うつ伏せに倒れ込む。

息を吸い込むと彼の匂いが仄《ほの》かに漂《ただよ》ってきて、ますます切なくなってしまった。

「……うぅー」

枕に顔をグリグリと押しつける。

「もう一緒に仕事はできないんだなぁ……」

幸弥さんと離れてたった数分しか経っていないのに、彼のことを考えていると寂しさがどんどん募《つの》ってくる。

……次、いつ逢えるかな。

時間ぎりぎりまでこの部屋にいた幸弥さんは、慌ただしく行ってしまった。

別れ際はとにかくバタバタしていたから、次の約束をする余裕がなかったんだよね。

お互いキスし始めると夢中になっちゃって、時間の確認を疎《おろそ》かにしたせいなんだけど……

一日中イチャイチャしっぱなしだったことによる幸福感と、今ここに彼がいないことへの寂寥感《せきりょうかん》を交互に覚えながら、疲れきった身体はベッドに沈んでいった。

――目覚めたのは三時間後のこと。

ふらふらとバスルームに行ってシャワーを浴びると、途端に空腹を覚えた。

生乾きの髪を適当にまとめてキッチンに立ち、あり合わせの食材で夕食を作る。

それを部屋でもそもそと口に運んでいる最中、ローテーブルに置いたままだったスマホをふと視界に入れて――着信ランプが点滅していることに気づいた。

幸弥さんからだ。

時計を見ると……二十三時十五分。生放送がスタートして十五分が経過している。今から折り返しても、電話は絶対繋がらない。

もどかしい気持ちでいたら、無性に幸弥さんの声が聞きたくなってきた。

スマホをタップしてラジオのチャンネルを合わせる。

ほどなくして、静かな部屋に美声が響いた。

『「――なんです。志波兄さん、どうすれば彼女ともっと仲良くなれると思いますか？アドバイスください！」……なるほどー』

どうやら幸弥さんは、リスナーからの恋愛相談メールを読み上げていたらしい。

彼の声に耳を傾けていると、懐《なつ》かしさが込み上げてきた。

六年前、熱心に聴いていたラジオ番組。

あの番組もリスナーからのメール紹介が多く、幸弥さんは寄せられる悩み事や相談事に共感し、真摯《しんし》な言葉を返していた。

高校生の頃によく抱いた甘酸《あまず》っぱい気持ちが、胸の奥を疼《うず》かせる。

憧れていた幸弥さんは、今も昔と変わらない美声の持ち主で、見た目は想像よりもずっと格好良くて――

でも予想外に気障《きざ》な一面もあって、そんな彼に随分失礼なこともしてしまったけれど……昨日、私を恋人にしてくれた。

当時の私が今の状況を知ったら、きっと物凄く驚くんだろうな。

『片想いってなんて言うか、特別だよね。相手の仕草一つにドキドキしたり、ちょっとした一言で不安になったりして』

幸弥さんが、スローテンポの曲をBGMにしてゆったりと語る。

『自分語りしちゃうけど、実は俺も好きな子を一生懸命口説《くど》いてたことがあるんだよね。でもなかなか振り向いてもらえなくてさ。喜ばれたくて頑張ってたことが裏目に出て、それを知ったときには、かなり落ち込んだ。一時期はどうすれば良いのか分からなくなって、出口のない迷路をうろうろ彷徨《さまよ》ってるような気持ちだった』

柔らかな声色《こわいろ》は耳に優しく響く。

けれど私の心臓は、痛いくらいに鼓動を速めていた。

だって……幸弥さんが口にし始めた〝好きな子〟とのエピソードに、心当たりがありすぎる……！

具体性はないし、過去話っぽいニュアンスで語っているから、これを私のことだと気づく人はいないと思うけど……でも当人が聴けばバレバレだ。

「もう……」

幸弥さんは、私がこの放送を聴いていると想定して喋《しゃべ》ってるのかな。

それとも、たまたま私の話になっただけなのかな。

でもこれって、きっと幸弥さんの本音に限りなく近いよね。

自然にそう思えてしまうのは、彼がリスナーに対して常に真摯《しんし》な姿勢を貫く人だからだ。

『誰だって、相手との距離感に悩むと思うし、時には落ち込んだりすることもあると思う。俺、そういうときは、その子のどんなところが好きなのかって考えるんだよね。真面目モードのキリッとした表情が良いなーとか、それ以上に笑顔が可愛いんだよなーとか。で、あの子の特別な表情を見たい、俺だけのために笑ってほしい、そのためにはなにを頑張れば良い？　って考えると、気持ちが少しずつポジティブになる』

「う、わぁ……」

耐え切れなくなった私は食器を脇に避《よ》け、ローテーブルに突《つ》っ伏《ぷ》した。

頬が熱い。いや、全身が熱い。

奇声を上げながら部屋中を転げ回りたいくらい照れ臭い……！

え、え、笑顔が可愛いとか。公共の電波を使って打ち明けられると、嬉しい以上に恥ずかしい。

でも幸弥さんにだけ見せる特別な表情って、なにかあったかな。

あ、もしかしてベッドでの……って、うわぁぁ違う違う！

そんないかがわしいアドバイスじゃない！　た、たぶん……

『もっと平たく言うと、健全な青少年なら好きな子と〝結ばれる〟のを妄想するだろう？　それを現実にするためにはどうしたら良いか、って考えるとかね』

下ネタだったー！

『もちろん、強引に事を運ぶのもストーキングもダメだよ』

そう言って幸弥さんが笑う。

『あと逆に聞きたいんだけど、女の子も彼氏とか好きな男を相手に妄想するのかなぁ。男としては、好きな子が一人でいるとき頭の中で俺とイチャつく妄想してくれてたら……とか考えると、結構滾《たぎ》るよね。……え、俺だけ？』

「知りません！」

ククッと笑う声に被せて、ついツッコミを入れてしまった。

ラジオ放送に向かって、なにをしているんだ私は。

『いつか報われる日が来るよ。そう信じて前に進むしかない』

私が一人身悶《みもだ》えている間に、幸弥さんは声色《こわいろ》を真摯《しんし》なものに切り替える。そして相談者に『頑張って。良い報告を待ってるよ』とエールを送ると、リクエストされた曲の紹介に移った。


放送終了後、私は少し時間を置いて幸弥さんに電話してみた。

番組を聴いていたことを伝えると、彼は絶句する。

どうやら幸弥さんは、恋に悩むリスナー達を励ますために実体験を話しただけで、他意はなかったらしい。

『だって真帆、さっき俺が教えるまで今夜の番組のことは知らなかったんだろう？』

電話口の幸弥さんは明らかに動揺している。

その声を聞いているだけで、私まで気恥ずかしくなってしまった。

「ごめんなさい。その、寂しくて。声だけでも幸弥さんを感じたかったっていうか……一方通行でもいいから幸弥さんと繋がっていたいなって……」

『……もしかして酔ってる？』

「え？　いいえ」

『マジか……素面《しらふ》でも自然にそういうこと言えちゃうんだ……』

俺なんかよりずっと上手いじゃん、なんて照れた声で呟《つぶや》かれて、自分の言葉のストレートさに気づいた。

湧き上がった羞恥心《しゅうちしん》を慌てて堪《こら》え、取り澄ました声で本題に移る。

「放送前に電話くれたのに、出られなくてすみません。幸弥さんが帰った後、うっかり寝ちゃったみたいで」

『いいんだ。それより身体、大丈夫？　俺の可愛い恋人は普段はなかなかデレてくれないから、素直に甘えられると、俺も嬉しくてすぐ火がついちゃうんだよね。無理させてるのは分かってたのに、なかなか放してあげられなかった。……まだ辛い？』

「〜〜〜っ、平気です……そ、それでご用件は体調の確認ですか？」

『あ、ツンな真帆が戻ってきた』

幸弥さんが笑う。

『そっちも心配だったけど、本題は別。――次、いつ逢えるかなって。別れ際にそういうこと話せなかったから、約束が欲しくなってさ』

「っ！」

『今週か来週、デートしようよ。いつなら空いてる？』

甘さをまとった声が耳をくすぐる。

私は蕩《とろ》けかけた頭にスケジュールを思い浮かべた。

不定休で働く幸弥さんと予定を合わせて、平日の仕事終わりに約束をする。

『これからは、俺のほうからも連絡していい？』

囁《ささや》く声に「もちろん」と返すと、スマホ越しに吐息《といき》交じりの笑い声が聞こえた。

『じゃあまた連絡する。おやすみ、真帆』

「……おやすみなさい」

通話を終えたスマホを両手で持って、またテーブルに突《つ》っ伏《ぷ》す。

おやすみと囁《ささや》いた幸弥さんの声は、ベッドの中と同じ艶《つや》めいた美低音で……

ドキドキと高鳴る胸のせいで、眠気は一向にやってこなかった。


週明けの月曜日。

公開生放送と試食会の報告書を主任に提出し、昼休みに根谷さんと二人でお弁当を広げた私は、幸弥さんと恋人になったことを報告した。

「おめでとうー！」

声を潜《ひそ》めながらも喜色満面で祝福され、照れながら頭を下げる。

「ありがとうございます」

「出待ちして彼を捕まえるなんて……塚口っちゃんは仕事も恋も、一度するって決めたら脇目も振らずにまっしぐらって感じね」

「まぁ……一途《いちず》なほうだとは思いますけど。そう言う根谷さんこそ一途《いちず》じゃないですか」

「ん？　んー……塚口っちゃん、実は私からも報告があるんだけど、聞いてくれる？」

「なんでしょう？」

「……私も、高村主任と付き合うことになりましたっ」

「えぇっ！」

思わず大声を上げてしまった。

箸《はし》からポロリと落ちた卵焼きをお弁当箱でキャッチし、キョロキョロと周囲を見回す。良かった、誰にも聞かれなかったみたいだ。

「週末に主任となにかあったんですか？」

ひそひそと話を振ると、根谷さんが一瞬でカァッと赤くなった。

「……スタジオの裏で塚口っちゃんと別れた後、彼に電話したの」

そう言われて、あの夜の会話を思い出す。

別れ際に彼女が口にした『私も一歩踏み出してみようかな』という一言は、どうやら本気だったらしい。

根谷さんが電話したとき、主任はまだ会社で仕事をしていたそうた。

だから彼女は一課の大久保課長と鉢合わせしないように少し時間をずらして、一人会社に戻ったという。

照明を必要最低限だけに絞った薄暗いフロアに、二人きり。

最初は当たり障《さわ》りなく試食会の報告から始めたのに、つい普段の調子で軽口を叩き合っていたらしい。

でもふと会話が途切れたとき、二人の距離がいつもより近いことにハッとして――

「慌てて後ろに下がったら、転びそうになって。そこを助けてもらったの。そうしたら、なんとなく良い雰囲気になって……」

「向こうから告白してくれたんですか」

「……うん」

火照《ほて》った頬を押さえて俯《うつむ》く根谷さんを見て、私はピンときた。

この恥ずかしそうで、でも嬉しそうな様子。二人の関係はこの週末の間に、もう一歩先まで進んだんじゃないかな。

「……意外と強引っていうか、でもちょっとぎこちないところに、またキュンとしちゃって。それに逞《たくま》しいし……って、こんな場所でなに言わせるのよ……!?」

思わず噴き出す。

根谷さんの自分から暴露していくスタイルが大好きだ。

「おめでとうございます」

「……ありがと」

真っ赤な顔に照れ笑いを浮かべる根谷さんは、とても可愛い。

男性相手にも一切物怖《ものお》じしないバリキャリ系美人に、こんな風に照れたり嬉しそうに微笑まれたりしたら、主任はひとたまりもなかったんだろうな。

「あ、時間！」

気がつけば、昼休みの残り時間は僅《わず》かだった。

食堂や近くの飲食店に向かった同僚達も、そろそろ戻ってくるだろう。

私達は会話を切り上げ、それぞれのお弁当の中身を急いでかき込んだのだった。


一週間後、私は幸弥さんとの待ち合わせ場所に向かうべく電車に揺られていた。

完全にプライベートで逢うのは、今日が初めてだ。

……どこも変じゃないよね？　大丈夫だよね？

会社を出るときメイクは直してきたし、服装もチェックしたけれど、どうしてもそわそわしてしまう。

デートなんて大学生のとき以来だ。

しかも当時の元彼とは、サークル活動後そのままどちらかの部屋に行くという流ればかりだった。

今回のような何日も前から予定を立てて、きちんと待ち合わせて……というデートは、ずっと私の憧れだった。

しかも相手が幸弥さんだと思うと、嬉しくて仕方がない。

ときめく胸を押さえていると、バッグの中から微《かす》かに振動が伝わってきた。

スマホを取り出してタップする。

直後、私は思わず顔を綻《ほころ》ばせてしまった。

届いたメッセージは、『着いたよ』――ただそれだけ。

でも送信者欄にある幸弥さんの名前が胸を甘く疼《うず》かせる。彼から送られてきたというだけで、どんな文章でも宝物のように感じてしまう。

――私達、本当に付き合い始めたんだな……なんて実感するのはこういう瞬間だ。

私はニヤける顔を無理やり引き締めつつ、幸弥さんに送るスタンプを選んだ。

二足歩行の猫が敬礼するスタンプを送る。

間《ま》を置かず、彼からもスタンプが送られてきた。

そのまましばらくスタンプの応酬が続き、やがて電車が待ち合わせの駅に到着した。

スタンプだらけの賑《にぎ》やかな画面をそっと閉じ、駅のホームに降り立つ。

「寒っ……」

十月に入ってから、昼夜の寒暖差が随分大きくなった。

今日は日中がとても良い天気だったこともあって、日が暮れてから気温が一気に下がった気がする。

帰宅ラッシュのピークは過ぎたものの、未だ多くの人が行き交う駅の中を、私は足早に進んだ。

改札を出たところで辺りを見回し——私の視線は駅前の大きな木の下に吸い寄せられる。

そこに立っていた幸弥さんは、こちらに気づき小走りでやってきた。

私も手を振ってそちらへ向かう。

充分近づいたところで私が立ち止まっても、彼は足を止めない。最後の数十センチの距離をなんの躊躇《ためら》いもなく縮めると、私を腕の中に包み込んだ。

「真帆」

「え、いえ、あのっ、ここ駅前……っ！」

「俺を見つけた途端に嬉しそうな顔で手を振ってくるなんて反則。……このまま俺の家に連れて帰ってもいい？」

「ええっ」

「……冗談。ハグ程度は許してよ。寒くない？」

「今……ギュッてされて、寒いどころか熱くなりました……」

笑う彼の吐息《といき》が髪にかかる。

幸弥さんは私の前髪にそっとキスを落とすと、腕の中から解放した。

「行こう」

自然な動作で手を取られ、当たり前のように指を絡められる。

う、嬉しいし、全然嫌じゃないけど……ちょっと恥ずかしいかも……

熱くなった頬を見られないよう、隣を歩く彼から僅《わず》かに顔を背《そむ》ける。

繋いだ手にキュッと力を込めると、幸弥さんが微笑んだような気がした。


彼おすすめのイタリアンダイニングは、駅から徒歩数分の距離にあった。

入口の扉を開けると、温かな照明に彩《いろど》られた店内は結構賑《にぎ》わっている。

陽気な声の店員さんに案内されて席に着いた私達は、メニューを広げて顔を寄せ合った。

「この店の一押しは生パスタ。週に二日しかメニューに載らないから、俺はいつもその日を狙って来るんだ」

「どれも美味《おい》しそうですね」

それにリーズナブルだ。高級レストランに慣れていない身としては、こういうカジュアルな雰囲気のお店はとても居心地が良い。

「ワインの種類も豊富なんだけど……今夜はソフトドリンクにしておこうか」

先日、缶カクテル一本で酔《よ》い潰れてしまったことを揶揄《やゆ》するように、幸弥さんが悪戯《いた》《ずら》っぽく笑う。

私は大袈裟《おおげさ》にむくれてみせた。でもそれは一瞬しかもたず、二人分の小さな笑い声がテーブルの上で重なる。

「ワインだと、たぶんグラス一杯分も飲み切れません。幸弥さんは、ワインお好きなんですか？」

「好きだよ。でも量は嗜《たしな》む程度かな」

私は小さく頷いておくに留めた。

幸弥さん、私の部屋で飲んだとき『ビールでは酔《よ》わない』って言ってたよね。それだけアルコールに強い体質なんだろう。

「注文しちゃおうか」

幸弥さんが呼ぶと、体格の良い男性店員がやってきた。

まずはグリーンサラダやマルゲリータといった定番メニューを注文する。

「真帆は辛いもの平気？」

「大好きです」

彼おすすめの生パスタからは、アラビアータを選んだ。

このお店ではスパゲティではなく、マカロニのように穴のあいたリガトーニと和《あ》えるらしい。リガトーニは初めてだから楽しみだ。

ほどなくして、注文した品が順にテーブルに並んでいく。

幸弥さんとシェアして食べるそれらは、どれもが美味《おい》しい。

中でもアラビアータは私の好みにぴったりだった。リガトーニの弾力を楽しみながら、唐辛子の辛味とトマトの酸味を一緒に味わう。

ここのソースは他のお店よりハーブを多めに使っているんだろう。爽《さわ》やかなバジルの他にも少し尖った香りがする。でもそれらが主張しすぎず、ソース全体の味を引き締めていた。

「口の中が幸せ……」

絶妙な辛さと複雑な香りを口に運ぶ度に、つい満面の笑みを浮かべてしまう。

幸弥さんはそんな私を正面から眺めて、顔を綻《ほころ》ばせた。

「美味《おい》しそうに食べるね。ここに連れてきて正解だった。喜んでくれて俺も嬉しいよ」

彼は骨ばった手でフォークを口に運ぶ。

……食べ方、綺麗だなぁ。一口は私より大きいのに全然下品に見えない。

「幸弥さんも辛いもの好きなんですか？」

「嫌いじゃないけど沢山は食べられないかな。量より質って感じで。……実は甘いものも一度に沢山は食べられなくてさ」

「え？　でも収録のとき……」

「一個しか食べてなかっただろう？　甘いお菓子って、一口目は最高に美味《うま》いんだけど、それで満足しちゃうんだよな」

そういえば……と、あの日の打ち合わせの内容を思い出す。

確かに幸弥さんは、少量のお菓子をゆっくり味わって食べていた。

「収録のときに喋《しゃべ》った感想は嘘じゃないよ。こんなこと言ってるけど俺、お菓子は甘いほうが好きなんだ。〝甘さ控えめ〟のお菓子を食べるくらいなら、最初から別のものを食べればいいだろって考え方。だから真帆達が作ったモンブランケーキは、あのどっしりした甘みがかなり俺好みだった」

「ありがとうございます。じゃあ、逆に『沢山食べたい！』っていうくらい好きなものってなんですか？」

「んー……」

幸弥さんは勿体《もったい》ぶるように間《ま》を置いて、意味ありげな視線をこちらに向ける。

その眼差《まなざ》しに――ゾクッとした。

周囲の喧噪《けんそう》が耳から遠のき、テーブルの上の空気が艶《つや》めいたものへと変わる。

「ここ一ヶ月くらいの間、はまってるものがあってさ……今ならこの店からテイクアウトできそうなんだけど、正直に答えたら食べさせてくれるか？」

……あ、これ『真帆《おまえ》』って答える気だ。

潜《ひそ》めた声の艶美《えんび》さや、こちらを誘うような色っぽい表情が、彼の心を物語っている。

「……食べ物の話ですよ？」

「毎日口にしても飽きないと思うけど」

「……それ、他の人にもおすすめできます？」

「無理。俺だけの極上スイーツだから、誰にも渡さない」

幸弥さんの口角が上がる。

直後、彼から発せられる雰囲気が瞬時に元に戻った。

「テイクアウトならずかー。残念」

からりとした声が耳に届く。けれど私はコロコロ変わる彼についていけず、ほんのり熱くなった顔を俯《うつむ》かせた。

普通の会話の中に際どい内容をいきなり挟み込まれると、未だに上手く切り返せない。気障《きざ》というか、なんというか……

百パーセントからかわれているなら、私も落ち着いて対処できるんだけど……幸弥さんの声から本気の色が見え隠れしていると、もうお手上げだ。

「話を戻す？」

笑み交じりの声に、ちょっとだけ恨めしさを覚えてしまう。

「……お願いします」

「質より量っていったら……やっぱり丼物かな。一番好きなのは海鮮丼。肉系なら牛丼より親子丼」

彼曰《いわ》く、ガーッとかき込める丼物は忙しい日の昼食の定番らしい。

——良かった。健全な話題に戻ったことで顔の熱が引いたよ……

「親子丼といえば、私の友達の勤めている会社の食堂に、凄く美味《おい》しい親子丼があるらしくて。友達が週一で食べてるって言ってました」

「へー、いいね」

「普段なら食べきれないくらいのボリュームがあるそうなんですけど、美味《おい》しいからいつも頑張って完食しちゃうって」

その友達は『彼氏が欲しいのになかなかできない』と嘆く私に、『真帆ちゃんの理想が高すぎるせいだよ』と言っていた。

彼女とはここ一年くらい会っていないけど、元気にしてるかなぁ……

「真帆は昼、どうしてるんだ?」

「私はお弁当を持っていくことが多いので、普段は根谷さんとデスクで食べてます」

「手作り弁当?」

「はい。最近お弁当箱を新しくしたんですよ」

食事の合間に交わすお喋《しゃべ》りは、聞き上手な幸弥さんのお陰で話題が尽きない。

楽しいデートの時間はまたたく間に過ぎていった。


食事を終えて店を出ると、外は一段と寒くなっていた。

身体がブルリと震える。

「大丈夫? これ使って」

身体を縮こまらせていると、頭上から温かいものがふわりと降ってきた。

幸弥さんの大きな手が、私の首にストールを巻きつける。

「でも幸弥さんが——」

「俺は平気」

「……ありがとうございます」

何気ない厚意が、くすぐったくて照れ臭い。

肌触りの良いストールに顔を半分埋《うず》めて、ふにゃりと崩れた表情を隠す。

「嬉しい……それに、いい匂い」

幸弥さんの香りだ。

「っ、……帰ろうか。家まで送るよ」

私の歩調に合わせて隣を歩く彼をそっと見上げる。

幸弥さんの頬が赤い。吐く息が白くなるほど冷え込んではいないけれど、やっぱり寒いんだろう。

私はドキドキしながら、彼の手を控えめに捕まえた。

「た、体温の、お裾《すそ》分《わ》けです」

「……うん。ありがとう」

繋いだ手の指が絡み合う。

電車に乗り込んでからも、私の最寄り駅で降りてからも……恋人繋ぎした手は離れなかった。

幸弥さんの言葉数は少ない。店にいたときとは別人のようだ。

でも、私はこの沈黙が逆に嬉しかった。私自身も胸がいっぱいで言葉が出ないから、今は無言で彼に寄り添っているだけで充分だ。

胸の奥でトクトクと鳴る鼓動が心地《ここち》好《よ》い。

……アパートまで、あと十数メートル。

この時間がもうすぐ終わってしまうと思うと、寂しさが募《つの》る。

でも足を進めていけば目的地に着いてしまうのは必然で――

私は名残惜《なごりお》しく思いながら、彼と繋いでいた手を離した。

「今日、楽しかったで……ひゃ、っ」

幸弥さんを見上げた瞬間、大きな手にグイッと腕を引かれた。

よろめいた身体が、彼の胸の中にすっぽりと抱き込まれる。

硬直する私の背後を、角から曲がってきたらしい自転車が通り過ぎていった。

「あ、あ、ありがとうございます……」

「……うん」

低い声はそれ以上続かない。

身体を包む腕が、私を守るようにギュッと力を込める。

……幸弥さん、離れたくないって思ってくれているのかな。

私も離れたくない。ずっとこのままでいたい。

でも今日は平日だ。幸弥さんから明日の朝は早いと聞いているし、私も普通に仕事がある。

「あの、そろそろ……幸弥さんが帰る時間、遅くなっちゃいますし……」

私はそっと囁《ささや》く。

力の緩《ゆる》んだ腕の中からゆっくり顔を上げると、揺れる瞳が間近にあった。

鼻先が触れ合いそうな距離で見つめ合う。

まるでキスを寸止めされているみたい——そう思った次の瞬間、幸弥さんが私の鼻先にちょんと口づけた。

「っ！」

「これくらいなら許してくれる？」

そう言って幸弥さんが身体を離しかけたとき、私は咄嗟《とっさ》にその温もりを捕まえた。

以前、『公共の場ではダメ』とキスを拒《こば》んだのは私自身なのに。

そう考える頭と逆に、身体は無意識に背伸びをする。

私は唇を、幸弥さんの冷たい頬に寄せた。

「真……」

「……ぁ……」

と……届かなかった……っ！

ていうか、路上でキスはやっぱり恥ずかしいかも……！

背が足りなくて不発に終わったことも重なり、羞恥心《しゅうちしん》がブワッと湧き上がる。

私はバッと俯《うつむ》いた。

「なんでもないです……すみません……」

尻すぼみになった謝罪に、頭上から不穏な声が応《こた》える。

「……こっちは必死に我慢してたのに、そういう可愛いことしちゃうんだ」

「ごめんなさ、っ」

顎《あご》をクイッと掬《すく》われて、言いかけた言葉は彼の唇に奪われた。

——後日、電話で幸弥さんから『真帆は俺を振り回すの、本当に上手いよね』と言われたけれど……それ、逆ですよね……？

7

九月の末に発売された新商品は、初動の売上も、その後の推移も上々らしい。

先日、そんな話を営業部から聞かされた。

企画立案から携《たずさ》わった身としては、とても嬉しい話だ。

もちろん私一人の力じゃない。二課の先輩達や、開発部、営業部の人の協力があってこその結果だと分かっている。

それでも苦労して世に出した商品が店頭に並んでいれば、やっぱりテンションが上がっちゃうんだよね。

以前コンビニで、私の前に並んでいた女性客が新商品をレジに出していた。それを見たとき、思わず声をかけて両手で握手したくなったよ。

実際にやったら変な人になっちゃうから、心の中で我慢したけど。

……と、いつまでも喜んでばかりはいられない。

季節は巡る。

十一月下旬になり、冬限定のお菓子が本格的に世間に出回る頃、私達マーケティング部は次のシーズンに向けて動いていた。

春の新商品のパッケージデザインは最終段階を迎え、中身のお菓子と一緒に次の上役会議に出される予定だ。

開発部とは夏に向けての商品開発を、営業部とは新商品の販売展開についての打ち合わせを、それぞれ進めている。

気がつけば、私が幸弥さんと初めて顔を合わせてから三ヶ月、交際を始めてから二ヶ月が過ぎていた。

交際は順調そのもの。幸弥さんの仕事の合間を縫って、平日の夜にデートすることが多い。

珍しくお互いの休日が重なった先々週の土曜日は、初めて彼の家にお邪魔してしまった。

……あれは危険だ。

平日の夜に私の部屋で甘い雰囲気になったときも、積極的な彼に翻弄《ほんろう》されてばかりだけど……それでも翌日に備えて手加減されていたんだと知った。

「ちょっ……今はダメ、思い出しちゃダメ……！」

カァッと火照《ほて》った顔に手を当てて俯《うつむ》く。

寒空の下にいるのに、身体が妙に熱い。

――いま私は、ラジオ局のあるビルの前に立っていた。

私達の出逢いの場となった、あのラジオ局だ。

本当は生放送が終わった頃に到着して、彼と合流する予定だったんだけど……早く来すぎちゃった。

今はまだ、リスナーからのメールを取り上げている時間だろう。

「確か生放送用のAスタジオって、ガラス越しに見物できるんだよね。せっかくだし、お仕事中の幸弥さんを見に行ってみようかな」

改めてビルを見上げ、一歩を踏み出す。

しかし、エレベーターに乗り込んだ途端……幸弥さんに唇を奪われたときのことを思い出して、一人で身悶《みもだ》えてしまった。

階数ボタンを押そうとすると、無人の二階フロアでの出来事が脳裏《のうり》に蘇《よみがえ》って、羞恥心《しゅうちしん》に拍車がかかる。

私は込み上げる照れ臭さをどうにか抑え、四階で降りた。

受付を済ませてから、周囲をぐるりと見回す。

夜のラジオ局は、日中とはまた違った雰囲気に包まれていた。

スタッフの数が少ないからか、全体的に落ち着いていて……でも一部が妙に騒がしい。

「おぉ……観覧客って結構いるんだ」

賑《にぎ》やかなのはＡスタジオに隣接する一角だった。

スタジオの前には、幸弥さん目当てらしき女性が集まっている。

そちらに向かうと、彼はすぐに見つかった。

私は観覧スペースからスタジオ内にいる恋人の姿を眺める。

「格好良いなぁ……」

幸弥さんがプライベートで見せてくれる部分ももちろん大好きだ。軽い調子で私をからかってくる彼も、艶《つや》めいた表情と美声で私に迫ってくる彼も、日が経つほど私の中で魅力を増している。

でもやっぱり、仕事中の幸弥さんがまとう雰囲気は特別なんだよね。

スピーカーから届く声が、普段よりいっそう素敵に聴こえる。

ときに明朗に、ときに優しく響く低音に、惹《ひ》かれずにはいられない。

俯《うつむ》いた顔は既に見慣れているはずなのに、ガラスのこちら側から眺めていると、彼に憧れを抱いていた頃のことを思い出して……なんだか凄くドキドキしてしまう。

曲紹介を終えた幸弥さんが、放送を音楽に切り替えたところでふと顔を上げた。

——お互いの視線が絡む。

「いま私に笑ってくれた！」

「志波さんこっち向いて！」

女性達が色めき立つ。でも、私はそれどころではなかった。

……どうしよう。

軽く微笑みかけられただけで心臓がドキッと跳ねた。

けれどその直後、焦《じ》れったいたい気持ちやモヤモヤした感情が湧き上がってきた。

もっと近づきたい。寄り添いたい。

そう思うのに、足は一歩、また一歩と後ずさってしまう。

原稿を手にした松尾さんが、副調整室から幸弥さんのいるスタジオ内に入ってきた。

幸弥さんは松尾さんに耳打ちし、一言二言交わして、顔に笑みを浮かべる。

そんな彼の様子に、女性達がまた色めき立った。

……幸弥さんにファンがいるのは良いことだ。

彼が笑顔を向けるのはあくまでファンサービスであり、他意はないとも分かっている。

私だって芸能人を生で見るならツンツンした人より愛想の良い人のほうがいい。そういう業界は好感度も大事だっていうし。

……でも、幸弥さんは私の彼氏だ。

彼氏が他の女の子に愛想良く振る舞う姿は、見ているだけで辛い。

丁寧にファン対応する彼は誇らしい。ただ頭では分かっていても、感情がついていかない。

どうしても胸の中がざわめいてしまう。

ガラス越しの幸弥さんが――遠い。

こんな状況になってみて、ようやく気がついた。

二人きりのときに聞かせてくれる、蕩《とろ》けるような美声。それを独占するだけでは満足できなくなってしまったんだ。

曲が終わると、幸弥さんは交通情報をまとめた原稿を読み上げる。

その落ち着いた美低音の声だって、本当は誰にも聴かせたくない。

キリッとした表情に見惚《みと》れる女性達の目を、覆《おお》い隠してしまいたい。

――我ながら呆れた独占欲だ。

いくら嫉妬《しっと》したって、実際にはそんなことできるわけがないのに。

「はぁ……」

壁に寄りかかって溜息をつく。

自分の余裕のなさが情けない……

「……塚口さん？」

自己嫌悪に陥《おちい》って俯《うつむ》いていると、前から声をかけられた。

聞き慣れない声に顔を上げ、思わずギョッとする。

一課の木梨さんが怪訝《けげん》そうな顔で立っていたのだ。

「木梨さん、どうしてここに」

「塚口さんこそ」

「あ、私はその……」

言い淀《よど》む私を見て、木梨さんは不意に真顔になる。

「――ちょっといいですか」

「え」

「番組もエンディングですし、CMの間に次のパーソナリティさんに交代しますから、これ以上ここにいても彼は見られませんよ。出待ちまでの間、少し話しませんか？　私、塚口さんにいろいろと言いたいことがあるんです」

木梨さんは抑えぎみの声でそう告げると、こちらの返事を待たずに歩き始める。

私は一瞬迷ったものの、意を決して彼女の後を追った。

木梨さんとは以前、パウダールームの前でばったり遭遇したことがある。

それから今日まで、社内ですれ違ったり、たまに社食で会ったりはしたけれど、もの問いたげな表情を向けられるばかりだった。こうやって話しかけられたのは今回が初めてだ。

……一体なんの用だろう。

不安と緊張で胸をざわつかせながら、彼女に連れられてひと気のない場所まで行く。

二人きりになった途端、木梨さんが口火を切った。

「私、志波さん専属なんです」

……え？

スウッと血の気が引いた。

心臓が嫌な音を立てて騒ぎ出す。

「き、木梨さんって、志波さんと交際してるんですか……？」

突然の告白に動揺しながらも、震える声で尋ねた。

木梨さんは私の質問に首を傾げ、次の瞬間、慌てたように顔と両手をぶんぶん振る。

「交際？　……っち、違いますよ！　そんな、畏《おそ》れ多い……！」

おたおたする木梨さんを、私は呆然と眺める。

彼女の説明によると、専属というのは、幸弥さんのラジオ番組にだけメールを投稿している、という意味だったらしい。……紛《まぎ》らわしいよ!!

ちなみに彼女のラジオネームは『にゃおにゃお』というそうだ。

……ん？　その名前、どこかで聞いたことがあるような……？

ホッとしつつも妙な引っかかりを覚えて、内心首を傾げる。

「そ、それでですね……彼専属のメール職人である私から、塚口さんに個人的な質問があります」

木梨さんの雰囲気が真剣味を増した。

私も姿勢を正して彼女に向き合う。

「……なんでしょうか」

「彼と交際してるんですか？」

同じ問いを返され、言葉に詰まる。

そんな私を見て、木梨さんが困ったように眉根を寄せた。

「それがダメって言いたいわけじゃないんです。私は彼のこと崇拝《すうはい》してますけど、あくまでファンとして応援したいだけでして……。そもそもいちファンの私ごときが恋愛感情を持つなんて、口にするのも憚《はばか》られるといいますか、ぶっちゃけますと私、関心があるのは神ボイスだけなんですよね。中の人には全然興味ないんです」

「え……あ、うん。」

……崇拝《すうはい》？　中の人？

「会社のパウダールームで会ったときも、もし塚口さんが彼と私の噂を真に受けているんだったら、訂正しなきゃって思っただけで……結局なにも言えずに逃げちゃったんですけど」

木梨さんは早口で捲《まく》し立てる。

「そもそもあの変な噂が社内に広がったのは、私が一課の子達の前でハシャいじゃったのが原因みたいなんですよ。彼とお仕事をご一緒させていただいたとき、そのテンションを引きずったまま帰社しちゃって……。非ヲタ相手に『尊い』連呼は危険……分かってたのに、分かってたのに……！　でも神から生声でセリフを賜《たまわ》った身としては、落ち着くなんて無理だったんです！　ちなみに神の一言を録音した神器《ボイレコ》は当然のごとく保存用・鑑賞用・布教用にデータを複製させていただきましたっ！」

……私は既に、木梨さんのペースについていけていない。

ずらずらと続く彼女の言葉のうち、何割を理解できているか疑問だ。

話を私なりに要約してみると――つまり木梨さんは幸弥さんの声が好きだけど、彼を恋愛対象としては見ていない、と。

……これだけ分かれば充分だよね？　たぶん。

「あ、話を戻しますね。えっと、公開生放送の夜、見ちゃったんです。塚口さん、放送後にサテライトスタジオの裏手から走り去っていきましたよね。彼に手を引かれて。あんな美味《おい》しい萌えシチュ……じゃない、ええと、とにかくお二人はただの仕事相手ではないですよね？　ぶっちゃけ付き合ってますよね？　私、最近やっと合点《がてん》がいったんです。塚口さんが彼になにか言ったんじゃないか、って」

「言ったって、なにを……？」

「最初に違和感を覚えたのは、九月の半ばより少し前ですかね……神の声の質が変わったんですよ。普通に喋《しゃべ》っているときの声も、以前より魅力的になったといいますか。美声に磨きがかかったといいますか」

「……はぁ」

「それに、今までは私のセリフリクエストに頻繁《ひんぱん》に応《こた》えてくれていたのに、突然ピタリと取り上げてくれなくなったんです。ファン仲間が送ったメールも、リクエスト系は全滅みたいで……」

木梨さんの独り言じみた告白は、なおも続く。

「今夜だって、ここで生放送を聴きながら何通もメールしたんですよ。なのに一通も採用されなかったんです。スマホからメールを送信した直後に、彼がスタジオでタブレットをチェックしてたのは、ガラス越しにきっちり確認できました。だからリクエストが届いていないって可能性はなさそうで……やっぱり心境の変化があったんだって思って……」

　決定的だったのは、九月末の日曜日に他局で放送したラジオ番組だそうだ。

　幸弥さんにしては珍しい、長々とした自分語り。

　しかもその内容は、心の籠《こ》もった恋話《コイバナ》。

　その放送を聴いて、木梨さんの中に点在していた疑問——幸弥さんの声の変化と、セリフのリクエスト拒否、スタジオ裏から走り去る私達の姿が、一本の線で繋がったのだという。

　つまり幸弥さんと付き合い始めた私が、彼に口説《くど》き文句を封印させたと考えたようだ。

　私は引きつった笑みを浮かべた。

　おろしたてのコートを着て温かいはずの背筋に、冷や汗が伝《つた》う。

　……当たらずとも遠からず？

　というか、木梨さんがちょっと……いや、かなり怖い。恋のライバル的な意味ではなく、一人の人間として怖い。

「神ボイスが輝く一言を考えて投稿するのが私の生きる糧《かて》だったのに……これからもずっと不採用が続いたら、私、干からびて死んじゃいます！」

　木梨さんが瞳を潤《うる》ませ、胸の前で両手を組む。

　清楚《せいそ》系美女のこの姿は、まるで神様に祈りを捧げる敬虔《けいけん》な信者のようだ。

「エロ系が嫌なら、際どいセリフは自重します。だから、ちょっと軽めの口説《くど》き文句とか、気障《きざ》なセリフ程度だったら、解禁してもらえないでしょうか……！」

……うわぁ。清楚《せいそ》な雰囲気が台無し。

私は若干引きながら首を左右に振った。

「私からは……その、ファンサービスをしちゃダメとか、セリフのリクエストに応《こた》えるのは禁止とか、そういうことは言っていません」

「本当ですかっ！」

ちょ、近いです木梨さんっ！　にじり寄られるとますます怖いんですけど！

「ではセリフ関連は解禁という方向で、塚口さんから説得を……！」

木梨さんの物凄い食いつきぶりにドン引きした、そのとき――第三者から声がかかった。

「――塚口さん」

二人揃って声のしたほうに顔を向ける。

「松尾さん」

「お話し中すみません。……ああ、木梨さん。その節はお世話になりました」

「――いえ、こちらこそ……」

木梨さんは、松尾さんの登場で急に大人しくなってしまった。直前までの勢いが嘘のような静けさだ。

いや、会社での彼女はいつもこんな感じだから、元に戻ったと言うべきか。

本当はテンション高く喋《しゃべ》り倒すほうが素なのかもしれないけれど。

「塚口さん、ちょっといいですか。こちらへ」

「はい。すみません木梨さん……」

「……いえ。また会社で」

私は木梨さんに軽くお辞儀《じぎ》して、松尾さんの後を追いかける。

隣に並んだところで、私は彼にも頭を下げた。

「松尾さん。先日はお世話になりました」

「こちらこそ、ありがとうございました。会社の皆さんにもよろしくお伝えください」

「はい。あの、それで……？」

「あいつが待ってますよ」

松尾さんが口角を上げる。

……そうだった。今夜はこの後、幸弥さんの家に行く予定なんだった。

木梨さんのインパクトが凄すぎて、すっかり頭から飛んでたよ……

「あいつが出てくるとファンの子に捕まるかもしれないので、俺が探しに来ました。で、

彼女が言ってたことは本当なんですか？」

私は目を瞬《またた》かせた。

「すみません。盗み聞きするつもりはなかったんですが、最後のほうだけ聞こえちゃいました」

「あー……」

木梨さんのあの声量では仕方がない。

悪戯《いたずら》っぽく笑う松尾さんに、笑って首を横に振る。

「ファンの人達を蔑《ないがし》ろにするようなことは言っていないんですが……」

『口説《くど》き文句を安売りすると、本当に好きな人ができたときに信じてもらえなくなりますよ』とは言った覚えがある。

他に思い当たることといえば……ああ、そうだ。

もっとストレートに『口説《くど》き文句は誰にも言わないで』ってお願いしたことがあった。

初めて幸弥さんを私の部屋に呼んだ夜。

嫉妬心《しっとしん》や独占欲は自分の中に秘めておくつもりだったのに、お酒を飲んでいるうちに、つい口にしちゃったんだよね。

あのとき背後から抱き締めてきた幸弥さんの温もりは、とても甘くて心地好《ここちよ》かった。

……って、松尾さんの隣で思い出すような内容じゃなかった！

我に返ると、途端に気恥ずかしさが込み上げてくる。

「ちなみに俺は、放送中に届いたメールの取捨選択にはノータッチです。できるだけ沢山取り上げるようにと話したことはありますが、どれをどの順番で読むか、どう返事をするかっていうのは、あいつに一任しています」

私がゲスト出演していた頃、新商品に関する質問メールをまとめて次週に持ち越すと判断したのも幸弥さんだったそうだ。

この辺りはきっと、幸弥さんが松尾さんときちんと信頼関係を築いている証《あかし》なんだろうな。

「最近あいつがセリフのサービスを控えているのは、俺もちょっと気になっていました」

「そうですか……」

「まあ、塚口さんの気持ちも分かります。恋人が自分以外の相手に際どいセリフを連発していたら、誰でも良い気分はしないと思いますよ」

松尾さんが、訳知り顔で言う。

私と幸弥さんが交際していることを既に知っているのだろう。

「あいつにガツンと言ってやったんですか？」

「いえ、とんでもない」

「へぇ。じゃあ、あいつがあのエロ声で他の子を口説《くど》いても許すんですか」

松尾さんがこちらに流し目を送る。

「……そんなの、嫌に決まってるじゃないですか」

私は眉間に皺《しわ》を寄せ、幸弥さんと同じくらい背が高い彼を睨《にら》み上げた。

「松尾さんが仰《おっしゃ》る通り……たとえ仕事であっても、自分の好きな人が他の子を誘うようなことを言っていたら落ち込みます」

そんな場面、想像するだけでも辛い。

松尾さんがふと立ち止まり、私の正面に向き直る。

私達はその場で数秒間、ジッと見つめ合った。

はぁ、と息をついて、私から視線を外す。

「……すみません」

ここで松尾さんを威嚇《いかく》するのは見当違いだ。

このイライラの原因は分かっている。

私はファンの子達への嫉妬《しっと》をまだ引きずっているんだ。

木梨さんも……ちょっと理解が追いつかなかったけれど、幸弥さんのことが大好きなんだという気持ちは痛いくらいに感じた。

それに加えて、今の松尾さんの発言。

彼は幸弥さんと数年来の友人らしい。

そんな松尾さんが『誰でも良い気分はしない』なんて言うと、まるで『良い気分のしなかった』幸弥さんの元彼女《モトカノ》を何人も知っているみたいじゃないか。

極端な受け止め方だと思うけれど、思考がマイナス方向に傾いている今、こんな風に言われてしまうと、『あなたもそのうち悲しむことになりますよ』って示唆《しさ》されているようで……

「嫌なのは本当です。……でもそれは〝プライベートでは〟という前提があっての話です」

私は再び小さく息をつき、気持ちを切り替えた。

「ラジオ番組でリスナーさんからそういう要望が届いているなら、それに応《こた》えるかどうかは彼や松尾さんが判断するのであって、私に口を出す権利はないと思っています」

「仕事の一環なら我慢するってことですか?」

「だって、お仕事中の彼の声は、皆のものでしょう?」

もう一度、松尾さんをジッと見つめる。

「その代わり――彼の個人的な部分は、私のものであってほしいです。もちろん私も、彼に見限られないように頑張ります」

最後に意識して口角を上げた。

強がりも多分に含まれているけれど、紛れもない本心だった。

……そうだよ。

他の子を見てやきもきしても、気持ちが沈むばかりでちっとも生産的じゃない。

だったら幸弥さんがよそ見しないように、もっと彼に好きになってもらえるように、自分を磨いていこう。

私を好きだと言ってくれる彼を、信じる。

彼を好きだと思う、この心を信じる。

そのほうが前向きだし、精神衛生上ずっと良い。

「――こんなに真っ直ぐに想われて、あいつは幸せだな」

松尾さんはしばらく私を眺めた後、そう言って不意に頭を下げた。

「試すようなことを言って、すみませんでした。あいつのこと、よろしくお願いします」

顔を上げた彼は、指でメガネのブリッジを押し上げ、照れ臭そうに笑う。

レンズ越しにこちらを見下ろす眼差《まなざ》しは柔らかい。

「あいつは自信家で前向きで、普段は頼れる奴なんですが、ちょっとしたことでメンタルが折れることもあるから、塚口さんが支えてやってください。――って、年下の彼女さんに頼むことじゃなかったかな」

私は思わずプッと噴き出してしまった。

口元を手で覆《おお》いながら顔を上げ、視線を彼から逸《そ》らす。

すると、大好きな幸弥さんの姿が視界に入った。

満面の笑みを浮かべ、彼のもとへ小走りに駆け寄る。

「生放送、お疲れさまでした」

「お待たせ。観覧してくれてるのも見えたよ。来てくれてありがとう」

その優しい声に、胸がキュンとした。

背後から松尾さんの声が届く。

「ファンの子達、今日はもう撤収したみたいだ。いつも最後まで出待ちしている〝猫さん〟も帰った」

「助かる。いつも悪いな」

……猫？

首を傾げる私を見て、幸弥さんが苦笑しながら、そっと耳打ちしてきた。

「本物の猫じゃないよ。隠語」

「塚口さんが〝猫さん〟に捕まってたから、何事かと思ったよ」

松尾さんが肩を竦《すく》める。その言葉で合点《がてん》がいった。

〝猫さん〟って、木梨さんのことか……

彼女は以前、私と同じように幸弥さんのラジオ番組に出演したことがある。だから二人と面識があるのは当然だ。

それに、清楚《せいそ》系美人がガラス越しにあれだけハシャいでいれば、さぞ目立つだろう。〝猫さん〟っていう通称までついているくらいだ。木梨さんが熱心なリスナーであることも、メールを頻繁《ひんぱん》に送ってくる人物だというのも、局内では周知されているに違いない。

「ま、詳しくは本人から聞いてくれ」

「ああ」

幸弥さんは松尾さんと軽く言葉を交わすと、別れの挨拶《あいさつ》をして歩き始める。

私は松尾さんにペコリと会釈《えしゃく》した後、幸弥さんに続いた。

二人でエレベーターの到着を待つ。

そうしていたら、ふとくすぐったい気持ちが湧き上がってきた。

ラジオ局に来たのも、こうして帰りのエレベーターを待つのも、今日で四度目になる。でも、二度目の訪問時は謝罪のタイミングを見計らうことに必死だったし、三度目のときは幸弥さんとエレベーターホールの手前で別れた。

今のように隣に立つ彼にときめきを覚えていたのは、初回の収録後のときだけだ。

「懐《なつ》かしいな」

そんな呟《つぶや》きが零《こぼ》れる。

まだ三ヶ月しか経っていないのに、凄く昔のことみたい。

「――塚口さん」

久しぶりに名字を呼ばれ、私は顔を上げた。

こちらを見つめる真摯《しんし》な眼差《まなざ》しにドキッとする。

「幸弥さん？」

「……初めて挨拶《あいさつ》を交わしたあの瞬間から『いいな』って思ってました」

「っ！」

「真剣交際を前提に、俺の彼女になってくれませんか？」

目を見開いたまま固まること、数秒――

その言葉が胸に染み渡ったとき、私は嬉しさのあまり泣きそうになってしまった。

幸弥さんもきっと私と同じように、夏の終わりの一連の出来事を脳裏《のうり》に蘇《よみがえ》らせたんだろう。

彼が目元を和《やわ》らげる。

「まぁ手放す気はないんだけどな。まさか断るつもり？」

「いえ……」

どうしようかな。

幸弥さんにはびっくりさせられてばかりだから、たまには意趣返《いしゅがえ》ししてみたい。

数秒ほど考えると妙案が浮かんだ。

「幸弥さん、少し屈《かが》んでもらえますか？　目を閉じて。……ちょっとだけ我慢してくださいね」

言われた通りに身を屈《かが》めた幸弥さんの前で、爪先立《つまさきだ》ちになる。

彼の左頬に唇を寄せ、チュッと軽いリップ音を響かせた。

……あれ？　幸弥さんが硬直してる。

左頬にキスの真似をしたのは、以前そこに平手打ちをしてしまったから。その代わりに愛情を込めて返事をしたつもり、なんだけど……

きちんと言葉にしないと通じないかな。

「あの頃より今のほうが、ずっと、大好きですよ……？」

囁《ささや》いた声にエレベーターの到着音が重なった。

もう一度言い直す度胸はない。

私は急に恥ずかしくなって、俯《うつむ》きながらエレベーターに足を踏み入れた。

私達を乗せたエレベーターが三階で止まり、新たに人が乗り込んでくる。

……沈黙が妙に気まずい。

驚かせたい一心でしちゃったけど、ちょっと張り切りすぎた……？

グルグル考えていると、私の手に硬い温もりが触れた。

パッと隣を見上げる。

幸弥さんは私がいるのとは反対側の壁のほうを向いていた。その顔は、ほんのり赤い。

「……っ」

私はカァッと上気した顔を隠すように、また俯《うつむ》いた。

大きな手がゆっくりと動く。

指と指が絡むように繋ぎ直された手を、そっと握り返した。


当初の予定通り、私達は食事を済ませて幸弥さんの家に向かった。

彼の部屋を訪問するのは今回で二度目になる。

シャワーを先に使わせてもらった私は、幸弥さんから借りたパーカーを着ている。リビングのソファに腰掛け、改めて部屋をぐるりと見回した。

1LDKの各部屋に置かれた家具はダークブラウンで統一されている。それらは意図して背の低いものを揃えたそうだ。部屋全体が広く見える効果があるらしい。

でも……それを抜きにしても、このリビングは充分広い気がする。

そんなことを考えながら、ここに来る途中で買った飲み物で喉《のど》を潤《うるお》していると、シャワーを済ませた幸弥さんが隣に座った。

「おいで」

蜜をたっぷり含んだその声に、心と身体が反応する。

私はぎこちなく手を持ち上げて、幸弥さんから差し出された手の上に指先を乗せた。

手を引っ張られ、腰を抱かれて、彼の太腿《ふともも》を跨《また》ぐ。

この体勢はちょっと……いや、かなり恥ずかしい。

けれど私はなんの抵抗もできなかった。

艶《つや》めいた声に煽《あお》られた身体は、幸弥さんの温もりを感じて体温を上げていく。真っ直ぐな視線を向けられると、腰の奥が疼《うず》いてしまう。

「幸弥さん……」

私の囁《ささや》きに応《こた》えるように、唇を重ねられた。

そっと触れ合わせたそこを、互いの感触を確かめるように擦《こす》り合わせる。

言葉がなくても、幸弥さんの次の動きが手に取るように分かった。

それだけ沢山キスしてきたのかと思うと、少し気恥ずかしくて……でも嬉しくて、幸せで……

こちらの反応を窺《うかが》うように舐めてくる舌を、唇を薄く開いて迎え入れる。

「んっ……」

キスは少しずつ濃厚さを増していく。

でも強引さはなく、その舌使いはどこまでも優しい。

絡まる舌がピチャリ、ピチャリと音を立てた。

呼吸の合間に唇が離れても、どちらからともなく距離を縮める。

濡れた唇が互いに温もりを与え合う。

心地《ここち》好《よ》い。

まるで泡立てた生クリームのようにふわふわした気持ちで、与えられる柔らかな快感に酔《よ》いしれる。

しばらくそうしていると、数時間前に抱いた想いがふと頭を過《よぎ》った。

――プライベートでは、幸弥さんを独り占めしたい。

ラジオ局で彼の熱烈なファンの姿を見たとき込み上げてきた、独占欲。それがまた胸の奥からふつふつと湧き上がってくる。

……私は、いつも受け身だ。

特にこうして幸弥さんと触れ合っているときは、彼を求める心とは裏腹に、逃げるようなことばかり言ってしまう。

でも……このままじゃダメだ。

幸弥さんをもっと近くに感じたい。

彼にもっと好きになってもらいたい。

だから、素直な気持ちをきちんと伝えたい。

言葉でも態度でも尽くしたい。

そんな考えが次々と思い浮かぶ。

「……考え事？」

幸弥さんが唇を触れ合わせたまま美低音の声で尋ねてくる。

うなじの辺りをするするとくすぐられ、私はお返しするように、彼の肩に置いていた手を背中に滑《すべ》らせた。

唇をゆっくりと離し、上擦《うわず》った声で思ったままのことを囁《ささや》く。

「いつも……なかなか素直になれなくて、ごめんなさい。でも私、本当は幸弥さんに触られるの、凄く好きで……」

幸弥さんが目を細める。

私の腰を抱く手がスルリと上に滑《すべ》った。その手はぶかぶかのパーカーの裾《すそ》から中に潜《もぐ》り込み、身体のラインを確かめるように素肌を撫《な》でる。

それだけで背筋がゾクゾクした。

「あ、っ」

「また着けてる。外すよ」

私の背中でプツッと小さな音が鳴り、ブラが外される。

「だって……着けてないと、落ち着かな、っ……」

私は寝るときもブラを着用する派なんです、と続けようとしたのに、言葉は途中で嬌声《きょうせい》に変わってしまった。

「ん、あっ……」

幸弥さんが私の首筋を甘く食《は》みながら、パーカーの中で胸を弄《いじ》りだす。

もう一方の手が流れるような動きでウエストからボトムの中へと潜《もぐ》り込み、まろやかな臀部《でんぶ》を円を描くように撫《な》でた。

ピクッと身体が跳ねる。

「や……あ、ぁ……」

私の口から零《こぼ》れ出る声は、自分でもびっくりするくらい甘ったるい。

「腰、もう揺れてる」

色っぽい声で指摘されて初めて気がついた。

私は無意識に、彼の太腿《ふともも》の上で腰をくねらせていたらしい。

カァッと顔が火照《ほて》る。

でも……ここで逃げたらいつもと変わらない。照れて逃げるのではなく、もっと自分から想いを伝えたいと決めたばかりなのだ。

私は幸弥さんを悦《よろこ》ばせたい一心で羞恥心《しゅうちしん》を呑み込む。そして、彼の下腹部にそろりと手を伸ばした。

けれど彼自身の硬さを確かめたところで、私の手は大きな手に掴《つか》まれてしまう。

「わ、私も触りたいっ……」

「どうした？　積極的だな」

「いつも、私ばかり気持ち悦《い》いから、っ……今夜は私も、頑張りたいの……っ」

「……じゃあ協力してもらおうかな。少し腰上げて、膝立《ひざだ》ちして」

濡れた声が囁《ささや》く。

私は震える太腿《ふともも》にグッと力を込め、膝立《ひざだ》ちになった。

同時にパーカーを捲《まく》り上げられ、あらわになった胸が、ちょうど彼の顔の位置にくる。

「あっ……！」

胸の頂《いただき》をチロリと舐められ、私は思わず前のめりになった。

上半身をビクンと震わせ、幸弥さんの両肩に爪を立ててしまう。

彼の口元は、持ち上げられたパーカーに隠れていて見えない。

けれど、響いてくる濡れた音と、直接伝わる甘くて鋭い刺激が、私になにもかもを教えてくれた。

「……ぁ……あぁ、んッ……」

舌先だけでチロチロとくすぐられるのも、ぴちゃぴちゃと音を立てて舐められるのも、

「ッ……こら」

熱い口内でねっとりと舐め回されるのも、気持ち悦《よ》くて堪《たま》らない。

もう片方の胸は大きな掌《てのひら》に包まれ、ぷくりと勃《た》った先端を指でクリクリと弄《いじ》られる。

悪戯《いたずら》な指はそこを捏《こ》ねながら、気まぐれに軽く爪を立てた。

「ひぁ……っ！」

不意に仕掛けられる強い刺激に、身体がビクッと跳ねる。

胸の奥のほうがギュッと苦しくなって、まだ触れられていない腰の奥がキュンと疼《うず》く。

既に蕩《とろ》け始めている身体では自分の重みを支えきれず、目の前のココアブラウンの頭をかき抱いた。

……でもこの体勢は、まるで彼に胸を押しつけているみたいだ。

そう思った瞬間、全身がカァッと熱くなった。

私が腰を震わせたことに気がついたのか、下着の中で臀部《でんぶ》を撫《な》で回していた手が、脚の付け根に伸びた。

「……ぐっしょり」

幸弥さんが小さく笑う。

「聞こえる？　ちょっと指を動かすだけでクチュクチュ鳴ってる」

「や、まって……ッ、ぁ、あッ」

頼むから、胸の先端を咥《くわ》えたまま喋《しゃべ》らないで……！

疼《うず》く身体は、もう自分ではどうにもできない。

全ての意識が彼の愛撫《あいぶ》に集中する。

幸弥さんが、胸の頂《いただき》を捏《こ》ねていた手を腰へ滑《すべ》らせた。

ぶかぶかのボトムと濡れた下着が太腿《ふともも》の途中まで脱がされる。

長い指が秘裂の中に埋《うず》められた。

指がぬかるみを擦《こす》る度に、熱く潤《うる》んだ体内から蜜が溢《あふ》れ出す。

別の指が敏感な花芯を弄《いじ》り、鋭い刺激を与えられた身体がビクビクと震えた。

「あぁっ……！　そこ、ダメ、っは、ぁ、あっ……！」

腰の奥でぐちゅぐちゅと鳴る水音は、またたく間に無視できないほど大きくなってしまう。

「ッ、あ、も、わたし……っ！」

「もう？　……真帆はここを弄《いじ》られるの、本当に好きだな」

胸元に熱い吐息《といき》がかかる。

私はふるふると頭を振った。

「だって……幸弥さんが、さわるからっ……ゆき、っさんが、ッ、特別なの……っ！」

「……そんなに俺のことが好き？」

艶《つや》めいた声で問われ、今度はコクコクと頷く。

「だいすきっ……！　ッや、あっああっ……！」

──花芯を強めに刺激された瞬間、腰の奥に溜まった衝動が弾《はじ》けた。

一拍置いて、ふっと力が抜け、身体が前に倒れ込んだ。

膝立《ひざだ》ちのまま脚を震わせ、彼の首筋に顔を埋《うず》めて荒い呼吸を繰り返す。

「はぁっ、は、っ……」

「……ここでしちゃおうか」

幸弥さんが熱っぽい声で囁《ささや》いた。

でも私は達したばかりで頭がぼんやりしていて、その意味が呑み込めない。

「んっ」

蜜に濡れた指が体内からヌルリと出ていく。

彼の手に腰を支えられ、私はソファにうつ伏せた。

くったりと脱力した身体は、簡単に転がされてしまう。

彼に向けて腰を高く上げさせられた。ぶかぶかのパーカーとボトムは中途半端に脱がされ、背中や臀部《でんぶ》が彼の視線に晒《さら》されている。

「なっ……」

「イヤならやめるけど、どうする？」

背後から囁《ささや》く声には隠し切れない欲が滲《にじ》んでいる。

そのことに気がついてしまったら、もう拒《こば》む言葉は出てこなかった。

後ろから貫かれるのは、正直少し怖い。

でも今夜は頑張って幸弥さんに尽くすと決めたのだ。

初めての体位に対する緊張とともに、欲望に正直な身体は期待に甘く疼《うず》いている。

早く繋がりたい、指では届かないところまで満たされたい、という欲求のほうがずっと強い。

「して……」

消え入りそうな声で、それだけを囁《ささや》いた。

――恥ずかしい……！

瞼《まぶた》をギュッと閉じる。

同時に、幸弥さんが息を呑む気配がした。

「……脚、閉じて」

ひくひくと震える秘裂に、熱くて硬いものが触れる。

その感触にゾクリとした直後、私は彼に貫かれていた。

「ゆ、きや、さ……ッ、――あぁぁんっ！」

最初に与えられる圧迫感は、既によく知っているものだ。

この息苦しさが、やがて強烈な快感に変わることも知っている。

うなじや耳もとに沢山キスを落とされるうちに、身体が彼自身に馴染《なじ》んでいく。

それが伝わったんだろう。

幸弥さんが少し上体を起こし、逞《たくま》しい腰で私を軽く揺すり上げた。

無意識に開いていた唇から、甘えきった嬌声《きょうせい》が上がる。

「ふぁ、あッ」

「まだ苦しい？」

私を気遣う声には優しさが溢《あふ》れていて、でも欲望に彩《いろど》られてもいて……背筋がゾクゾクするほど艶《つや》っぽい。

「も、へーき、です……っ」

クラクラする頭を小さく上下させる。

幸弥さんが熱い吐息《といき》を零《こぼ》しながら微《かす》かに笑った気配がした。

ゆっくりと引いていった屹立《きつりつ》が、またじわじわと体内に埋まってくる。

緩《ゆる》やかな律動が続く中、背後から伸ばされた手が胸の膨《ふく》らみを包んだ。

「あん……っ！」

プクリと勃《た》った頂《いただき》を指先で挟まれ、クニクニと捏《こ》ねられる。

繋がったまま他の敏感な場所を弄《いじ》られると、身体の奥に灯《とも》った火はあっという間に燃え上がった。

「ひぁ、……っあ、あ……っ」

私の変化を感じたんだろう。彼がふっと笑った。

「……凄い締めつけ。後ろからされるの、実は好きだった？」

私はソファに押しつけた顔を横に振る。

……背後から貫かれるこの体勢は、あまり好きになれそうにない。

だって、幸弥さんの顔が見られないから。

でも、中を擦《こす》り上げてくる屹立《きつりつ》の向きや角度が異なるせいか、湧き上がる快感がいつもと違う。それに――いつもより深い。

入口から深いところまでを行き来されると、ゾクゾクして堪《たま》らない。最奥の扉をこじ開けられてしまいそうだ。

「おく、気持ちいい……っ」

せめてそれだけは伝えたくて、喘《あえ》ぎ交じりに囁《ささや》く。

一瞬動きを止めた幸弥さんが、直後――私をぐんっと揺すり上げた。

「あァッ！」

それまでの優しい律動とは打って変わって、熱い屹立《きつりつ》がガツガツと体内を犯し始める。

力強く擦《こす》り上げられた内壁が歓喜したようにうねり出す。

「ん、やっ、深、……ッぃ、ぁ、あっ！」

私が高い声で啼《な》く度に、律動は激しさを増していく。

切先が行き来する度に、繋がるところからグチュグチュと水音が響く。

体内から溢《あふ》れ出た淫《みだ》らな蜜が、私の太腿《ふともも》をツウッと伝《つた》った。

そんな些細《ささい》な刺激さえ、今は気持ち悦《よ》くて堪《たま》らない。

「ゆき、や、さっ……そんなに、激しっ……も、ダメ……っ！」

「達《い》きそう、っ？」

「お、ねがいっ……いっしょに、ッふぁ！」

幸弥さんの長い指で花芯をクリッと捏《こ》ねられ、願い事は最後まで言い切る前に散ってしまった。

快感が背筋を駆け抜ける。身体がビクビクと震える。

衝動を堪《こら》えきれず、私だけが絶頂へと導かれる——

「あ、あっあッ、……ッッ！」

達する瞬間、私は悲鳴じみた嬌声《きょうせい》を隠すように、クッションに顔を押しつけた。

寝室に移動した後、幸弥さんは私から全ての服を剥《は》ぎ取り、自《みず》らも全裸になる。そして私をベッドに仰向《あおむ》けに転がすと、すぐに覆《おお》い被さった。

「ん、っふ……」

甘ったるいキスは繰り返すごとに深さを増し、やがて呼吸まで奪うような濃密なものへと変わっていく。

大きな手が私の両脚を抱え上げた。

熱い屹立《きつりつ》が蕩《とろ》けきったぬかるみに添えられ、グチュリと音を立てて体内に沈む。

間を置かず始まった律動は、最初から激しかった。

硬く熱り《いき》立った切先にガツガツと奥を穿《うが》たれる。

「あ、あっあ、ん、んんっ……！」

揺さぶられる度に上がる喘《あえ》ぎ声が、キスに呑み込まれた。

汗ばんだ肌を撫《な》でられるのも、胸を揉まれて頂《いただき》を弄《いじ》られるのも、とても気持ち悦《い》い。

……でも、それよりも。

「真帆っ……」

キスの合間に私の名を呼ぶ声が、その快感に掠《かす》れた囁《ささや》き声が、なによりも激しく私を昂《たかぶ》らせる。

「真帆……真帆……ッ」

「幸弥さ、ん、ッん、んんっ！」

唇を塞《ふさ》がれ、応《こた》えようとした声が彼の口内に消える。

触れ合う肌の熱が堪《たま》らなく心地《ここち》好い。

繋がったところから、快感が全身へと駆け巡る。

ソファの上で始まり、ベッドで再開された睦《むつ》み合いは、私の心と身体をあっという間にドロドロに溶かしてしまう。

私の名を繰り返す甘くて掠《かす》れた声に、乱れた息遣い。

こちらを見下ろす眼差《まなざ》しの熱っぽさと、立ち上る彼の匂い。

彼が腰を進める度にグチュグチュと響く淫《みだ》らな音。

絡ませた舌が角度を変える度に漏《も》れる水音——

幸弥さんから与えられるなにもかもが、私を煽《あお》る。どうしようもなく乱されてしまう。

もうなにも考えられない。

「ひぁ、あっ、あ、も、……ッ、だめ……ッ！」

特に敏感なところをぐりぐりと攻めていた切先が、一旦入口まで戻る。

そして勢いをつけて最奥を貫いた。

「——っ！」

啼《な》き声すら上げられないほどの快感を与えられ、また絶頂へと連れていかれる。

自分を見失ってしまいそうなくらい強い衝撃に、私は目の前の汗ばむ身体に縋《すが》りつくことしかできない。

「真帆、俺も、ッ……！」

達したことでギュウッとうねった体内で、幸弥さんも欲望を解放させた。

私を強くかき抱いた彼が、クッと息を詰め、体内の一番深いところで動きを止める。

「あぁ……！」

薄い膜を隔《へだ》てて、彼が昇り詰めたことが伝わってきた。

……私がソファで口にした『一緒に』という願い事は、きちんと届いていたようだ。

幸弥さんは私の上に留まったまま、首筋に顔を埋《うず》めて息を乱していた。けれど、呼吸が整ったところでゆっくりと起き上がる。

「は、っ……ん……」

額《ひたい》や頬、鼻先にキスの雨が降ってくる。

幸弥さんは、最後にチュッと音を立てながら唇を啄《ついば》んだ。彼自身を私の中からヌルリと引き抜き、こちらに背を向ける。

そういえば……リビングで背後から貫かれたときも、彼は避妊具をつけていた。

幸弥さんが避妊を欠かしたことは一度もないから不安はなかったし、最中は快感の渦《うず》に放り込まれていて、それどころではなかったけれど……

「……それ、いつの間に用意したんですか」

「ん？　ああ」

振り向いた幸弥さんが笑う。

どうやら彼は、ソファでこうなることを見越して（期待して？）リビングにも避妊具をこっそり隠していたらしい。

「心配しなくてもまだあるよ」

幸弥さんはベッド脇に置かれたチェストの引き出しに手をかけ、四角いパッケージをピッと取り出す。

私は思わず口元を引きつらせてしまった。

まさか……

「大丈夫。俺的にも、もう一回くらい余裕」

い……いやいやいや。

それ、なにに対して『大丈夫』なんですか。

ていうか二回戦は確定ですかっ⁉

「遠慮するなって」

「私的には充分満足だったんですけど……！」

私はなけなしの体力を総動員してベッドの上を後ずさった。

「本当はもっとイチャイチャしてからベッドに来ようと思ってたのに、真帆に可愛いこと言われて自制心が吹き飛んだから……真帆だって、いつもより物足りないだろう？」

こちらに戻ってきた幸弥さんは、私と目が合った途端、ニヤリと口角を上げた。

「今夜は頑張ってくれるんだよな？」

「え、あ、あの」

「――俺に触られるのが凄く好きだって言ってくれて、嬉しかった」

ドキン、と胸が跳ねる。

悪戯《いたずら》っぽい言動から一転、幸弥さんは喜びと情欲の混ざった雰囲気を出しつつ、こちらに手を差し出す。

彼が態度を唐突に変化させるのは初めてではないけれど……

この声は、それにこの表情も……反則だ。

抱えた毛布ごとベッドの中央に連れ戻された私に、長身が覆《おお》い被さった。

「幸弥さん、でも、あの」

「……今度はもっと触らせてよ。もっと舐めさせて。それから繋がりたい」

「――ッ!?」

耳に卑猥《ひわい》な言葉を吹き込まれ、顔がカァッと熱を帯《お》びる。

「真帆」

「……あ……」

艶《つや》めく声で名を囁《ささや》かれ、くったりと全身から力が抜けてしまう。

落ち着いたばかりの身体の芯に、熱い疼《うず》きが蘇《よみがえ》った。

……本当に、幸弥さんには敵《かな》わない。特にベッドの上では。

「んっ……はぁっ……」

鎖骨を辿る舌の感触にゾクリとしながら、寝不足を覚悟する。

寝室の空気は、またゆっくりと濃密さを増していったのだった。

8

週明けの月曜日は、出勤後から驚きの連続だった。

なんと、主任が根谷さんとの交際を課内に公表したのだ。

同僚達の反応は総じて『ようやくくっついたか』といったもので、二課は祝福ムードに包まれたんだけど……

その後で主任が発した『俺達、年内に入籍するから』という宣言によって、場は一気に騒然となった。

課長が業務に集中するよう促《うなが》しても、皆の驚きは一向に冷めやらない。

私はもどかしい気持ちを抑え込んで午前を過ごし、昼休みに入ると同時に根谷さんを捕まえた。

作ってきたお弁当などそっちのけで、落ち着いて話を聞けるようランチに連れ出す。

私達はここのところいっそう冷たくなった外気をコートで凌《しの》ぎながら、会社から徒歩数分のお店に向かったのだった。

オーダーを済ませると、早速《さっそく》向かいに座る根谷さんのほうへ身を乗り出す。

「結婚するんですかっ？」

「ふふっ、そうなの」

「わー！　でも……また急ですね……」

ランチを食べながら聞いた話に、私は驚かされっぱなしだった。

結婚のきっかけになったのは、根谷さんが毎月のアレが遅れていると主任に打ち明けたことなんだそうだ。

彼女としては体調不良の相談をしただけのつもりが、主任はそれを妊娠の報告だと受け止めたらしい。

根谷さんは突然抱き締められて驚き、彼の口から『結婚しよう』というプロポーズの言葉が飛び出てきてまた驚き……と、心臓が止まりそうなほどの衝撃を体験したという。

「妊娠の誤解はすぐに解いたんだけどね……」

根谷さんが頬をポッと染めてはにかむ。

主任は自分の勘違いを認めて謝った後、根谷さんに改めてプロポーズしたそうだ。翌日には双方の両親に挨拶《あいさつ》に行く約束を取りつけ、婚約指輪の話まで切り出してきたらしい。

「そんなに急がなくても、って言ったんだけど、『どのみち香与子を手放すつもりはなかった』『結婚話を持ち出す良いきっかけになってくれた』って微笑まれちゃうと、もうね……もう、今すぐ高村香与子にしてください！　って感じで……！」

……ランチプレートを食べ終えた美女が、両手を頬に添えて身悶《みもだ》えている。

「主任って、実はかなり積極的な人だったんですね……」

私は率直な感想を返しながらカップをソーサーに置いた。

まあ、根谷さん達は付き合う前から熟年夫婦みたいだったというか、他者が入り込む隙《すき》のない親密さがあったから、急に結婚すると言われてもすんなり納得できてしまう。

今頃は主任のほうも同じような質問を浴びせられて、彼女のように幸せなオーラを醸《かも》し出しながら答えているんだろう。

「おめでとうございます……って、最初に言うべきだったのに、すみません」

「ううん。私こそ、驚かせちゃってごめんね。ありがとう」

こんな会話を経て、ランチを済ませた私達は会社に戻った。

幸せな気分でいられたのも束の間——会社のエントランスホールで、木梨さんとばったり鉢合わせしてしまった。

いや、どうやら彼女は私が戻ってくるのを待ち構えていたらしい。

私達の間に漂《ただよ》う微妙な空気を読んで、根谷さんが心配そうな表情を浮かべる。

「根谷さん、先に戻ってください」

「……大丈夫なの？」

「はい。私もちょっとお話ししたらすぐ戻りますから」

私が頷くと、根谷さんは躊躇《ためら》いながらもエレベーターに向かう。

彼女の後ろ姿を見送った私は、木梨さんと社内の別の場所へ移動することにした。

ひと気のない場所まで来たところで、私達は立ち止まる。

木梨さんは胸の前で両手を組み、緊張した面持《おもも》ちで口を開いた。

「彼にお話ししていただけました？」

潜《ひそ》められた声には、期待と不安が入り混じっていた。

そういえば、と先週末にラジオ局で彼女と交わした会話を思い出す。

彼女はどうしても口説き文句のファンサービスを再開させたいらしい。

「ごめんなさい、まだなにも言ってないです」

「お願いしますよぉ……」

首を横に振った私に、木梨さんの泣きが入る。

「塚口さんは、彼のリップサービスを禁止していないんですよね？　なら彼が自主的に控えている可能性が高くて、つまり塚口さんが『どんどん言ってあげて』って声をかけてくだされば、解禁になるかもしれないんですっ」

木梨さんは、清楚《せいそ》で癒《い》やし系の外見からはとてもイメージできない早口で捲《まく》し立てる。

「頼れる方《かた》は塚口さんしかいないんです。神の声を希《こいねが》う、飢えた下僕達を哀れと思《おぼ》し召しなら、どうか救いの手をっ！」

……どこの宗教の話だ。

正直ちょっと怖い。

私が「はあ……」と曖昧《あいまい》な返事をすると、木梨さんが両手をガシッと掴《つか》んできた。

「お願いしますっ！　お願いしますっ！　彼にもどうぞよろしくお伝えください！　ではっ」

木梨さんは何度もペコペコと頭を下げ、小走りに去っていった。

華奢《きゃしゃ》な背中を見送った私は、思わず長い溜息を吐き出してしまう。

……これ、どんな形であれ行動に出ないと、木梨さんはいつまでも食い下がってきそうな気がする。

「今晩電話で……いや、逢っているときのほうが良いか」

次のデートのときに言ってみようかなぁ……。

そんなことを考えながら課に戻る。

ふと息をつくと、卓上に置いてある小さなカレンダーに目が留まった。

「もう十二月か……」

幸弥さんとの交際は九月の終わりから始まった。

それから二ヶ月と少し。

彼はフリーで仕事を請《う》け負っているため、急な仕事が入ることもあるけれど、私達はなんだかんだで毎週デートを重ねている。

時間って、作るものなんだな。

休日が重ならなくてもお互いに〝逢いたい〟という気持ちを持っていれば、意外とどうにかなってしまうらしい。

『次、いつ逢えそうですか？ 少し話したいことがあって……』

木梨さんの頼みを聞くため、ひとまずバッグからスマホを取り出し、幸弥さんにメッセージを送った。

ほどなくして、彼からの返信が表示される。

思いがけず今夜も幸弥さんと逢えることになった。

私はうきうきと心を弾《はず》ませながら、昼休み終了と同時にスマホを仕舞ったのだった。

終業後、私は自宅近くのスーパーに寄って食材を買い足し、急ぎ足でアパートに帰った。

キッチンで手早く夕食の下ごしらえを済ませ、時計を確認する。

幸弥さんが来る時間まで余裕があったので、先にシャワーを浴びてしまうことにした。

バスルームから出た直後、絶妙なタイミングでスマホが鳴る。

「――もしもし？」

『いま駅に着いた。なにか買ってきてほしいものとかある？』

「特には。気をつけて来てくださいね」

幸弥さんの到着までもう少しだ。

私は急いで髪を乾かし、テーブルに電気グリル鍋を置く。

このグリル鍋は、幸弥さんと交際を始めてから購入した。寒い時期になったら二人で鍋をつつきたいなと思ってのことだ。一人で食事するときも使っているけれど、やっぱり鍋物は誰かと囲むほうが楽しいし、美味《おい》しい。

準備を終えたところで玄関のチャイムが鳴った。

狭い部屋をパタパタと横切り、扉を開けて――ドアノブに手をかけた体勢のまま固まってしまう。

幸弥さん……スーツ姿だ。

口を半開きにしたまま、彼の頭の先から足元までぎこちなく視線を動かす。

幸弥さんのスーツ姿って初めて見た……凄い、格好良い……

「真帆？」

「っ！　すみません、ボーッとしちゃって。おかえりなさい幸弥さん」

「……ああ。ただいま」

「どうぞ上がってください。今夜はお鍋にしてみたんですけど、その前にシャワーを浴びちゃいますか？」

荷物を受け取るつもりで手を差し出しても、反応はない。

彼は玄関先に佇《たたず》んだまま、こちらをぼんやり眺めている。

「……幸弥さん？」

私は小首を傾げた。

直後、幸弥さんにガバッと抱きつかれる。

寒空の下を歩いてきた彼の身体はすっかり冷えていたけれど、私の顔は一瞬で熱くなってしまった。

「どうしたんですか？　あの、とりあえず荷物とコートを預かりますよ？」

「もう少し、このままで。感動に浸《ひた》らせて」

「ええ？」

意味が分からない。

幸弥さんはしばらくの間ハグをし続け、私の頭や顔にキスの雨を降らせてから、ようやく腕の力を抜いた。

「――ごめん、真帆が寒いよな。部屋に行こう」

キッチンとバスルームに挟まれた狭い廊下《ろうか》を進み、彼は部屋の隅《すみ》に荷物を置く。

「先にシャワー借りていい？」

「もしお風呂に入りたかったら、お湯を溜めますよ」

私は預かったコートをハンガーにかけながら振り返った。

幸弥さんはテーブルの上に置かれた鍋を見て嬉しそうに目を細め、こちらを向いて首を左右に振る。

「汗を流すだけでいいよ。早く食いたい」

大きな手でネクタイを解《ほど》く。

続いてスーツの上着を脱いだ彼を見て、私はつい独り言を零《こぼ》してしまった。

「勿体《もったい》ない……」

「ん？　なにが？」

「いえ、あの……スーツを着ている幸弥さんが、珍しかったので。もう少し眺めていたかったなって」

ぼそぼそと白状すると、幸弥さんが小さく噴き出した。

「今日はアナウンススクールに行ってたんだ。会社勤めの人に比べたら頻度は少ないけど、俺だってこういう格好する日もあるよ」

コートとハンガーを持ったまま動けないでいる私に、幸弥さんがゆっくりと近づく。

その口角がニヤリと上がった。

「なに、惚れ直した?」

「はい。格好良いです」

「……うん。俺も惚れ直したから、おあいこだな」

理由が分からずキョトンとする私の前で、幸弥さんがゆっくりと両腕を広げた。

そのまま逞《たくま》しい腕に囲われる。

上を向くと、まるで私がそうするのを待っていたかのように唇が下りてきた。

「ん、っ」

唇を優しく食《は》まれ、吐息《といき》交じりの声を零《こぼ》してしまう。

唇の隙間《すきま》から滑《すべ》り込んできた舌に、こちらからも舌を差し出した。

ごく自然な流れで、キスが深まっていく。

「ん……ぁ、んっ……」

舌を絡め合う行為自体にはすっかり慣れたけれど、まだドキドキしてしまう。

幸弥さんのキスは優しかったり、食べられてしまいそうなほどに獰猛《どうもう》だったりと、いろいろな形を持っている。

優しく啄《ついば》むように始まったキスは、気がつけば私の上体が反ってしまうくらい積極的なものへと変わっていた。

貪《むさぼ》るようなキスを与えられ、同時に腰や背中を撫《な》でられると、どうしようもなくゾクゾクしてしまう。

「――なんか良いね、こういうの」

最後に、ちゅ、ちゅっと軽く触れて、幸弥さんの唇が離れていった。

「玄関を開けたら真帆が笑顔で出迎えてくれて、部屋が明るくて暖かくて、良い匂いがして。『おかえり』って言葉もその後の会話も、かなりグッときた」

「っは、ぁ……無意識でした」

改めて指摘されると、途端に気恥ずかしくなってしまう。

確かに、新婚夫婦か同棲カップルのやり取りみたいだった。

「俺に話したいことがあるんだろう？　飯食いながら聞くよ。少し待ってて」

最後にもう一度軽く唇を重ねた後、幸弥さんは上機嫌でバスルームに入っていった。

ラグの上にペタンと座り、湯上がりの幸弥さんと鍋をつつく。

お腹がほどよく満たされたところで、私は話を切り出した。

「幸弥さんがラジオでセリフのリクエストに応《こた》えなくなったの、どうしてですか？」

直球勝負に出たものの、ちょっと不安になって声がだんだん小さくなる。

「……私が原因ですか？」

幸弥さんは箸《はし》を置き、表情をスッと引き締めた。

こちらを真っ直ぐ見つめてくる瞳を、私からも見つめ返す。

「……リップサービスを控えているだけだよ」

「でも、前は沢山応《こた》えてくれていたのに、九月頃からピタッと取り上げてくれなくなったって。それに声の質も変わったって聞きました」

「まさか〝猫さん〟から責《せ》められた？」

表情を険《けわ》しくした彼に、私は慌てて首を横に振る。

「そうじゃないですけど、物凄く悲しそうな姿を見てしまって。……やっぱり私のせいなんですね」

「違うよ。真帆のせいじゃなくて、『真帆が嫌だと感じることはしたくない』っていう俺の我儘《わがまま》。ファンになってくれた子を蔑《ないがし》ろにするつもりはないけど、俺にとってはその他大勢の女の子より真帆のほうが大切だから」

「……」

「たとえ上辺《うわべ》だけの言葉でも、甘い言葉の安売りはしない。真帆以外には言わない。真帆を落ち込ませたくないんだ」

幸弥さんは小さく息をつくと、顔に淡い笑みを浮かべた。

「おいで」

大きな手に招かれ、ラグの上をそろりと移動する。

彼は胡座《あぐら》を崩し、長い脚の間に私を横向きに座らせた。そのまま自《みずか》らの身体へもたれかからせる。

「ごめん。この前ラジオ局に遊びに来てくれたとき、真帆と松尾が話しているのを少し聞いた」

潜《ひそ》められた美声で、ぽつぽつと語り始める。

――放送終了後、幸弥さんはスタッフルームで私を待っていたという。けれど、松尾さんの戻りが遅かったので、心配になって周囲をうろうろしていたそうだ。

そこで松尾さんとお喋《しゃべ》りする私を発見。

思わず物陰に隠れ、私達の会話を聞いていたらしい。

『あいつがあのエロ声で他の子を口説《くど》いていても許すんですか』

『……そんなの、嫌に決まってるじゃないですか……たとえ仕事であっても、自分の好きな人が他の子を誘うようなことを言っていたら落ち込みます』

「――あれが真帆の本音だろう？　だから改めて誓ったんだ。口説《くど》き文句も、それに近いセリフも、もう絶対に言わないって」

幸弥さんは私の髪を撫《な》でながら話を締め括《くく》った。

どうやら彼は、松尾さんと私の会話をそれ以上聞く前に、その場を立ち去ったらしい。

……せっかくなら最後まで聞いてくれたら良かったのに。

でも、私の気持ちを打ち明けるには良い機会になったのかもしれない。

私は一つ頷き、幸弥さんの顔を見上げた。

「松尾さんにも同じように答えたんですけど……私、幸弥さんが〝プライベート〟で〝私以外の人〟に口説《くど》き文句を使うのが嫌なだけなんです」

至近距離にある瞳をジッと見つめる。

「だから、お仕事でセクシーな声が必要だったり、台本に気障《きざ》なセリフがあったり、誰かに色っぽく囁《ささや》くシーンがあったりしても、私は平気です」

実際に耳にしたら、きっと落ち込んでしまうだろう。

けれど、この気持ちは胸に秘めておくべきだ。

「ラジオ番組に届くメールも、採用するかどうかは幸弥さんと松尾さんが決めることですから、私は『絶対採用して』とも『全部スルーして』とも言いません。そもそもそんな権利は持っていませんし」

そう言ってニコリと微笑む。

「なのでファンサービスは、今まで通り続けても大丈夫ですよ？」

幸弥さんは考え込むように視線を伏せる。

そして小さく息をつき、大きな手を私の頬に添えた。

「真帆はさ……もしも俺が年齢制限《レイティング》のつくような仕事を受けても、なんとも思わないのか？」

……あれ？　幸弥さん、拗《す》ねてる？

いや、ちょっと怒ってる？　どうして……？

「それは……幸弥さんのキャリアにプラスになるって判断したなら、受けるべきかなって思います……って、そういうオファーがあるんですか!?」

「いや、たとえばの話」

「びっくりした……」

強張《こわば》った肩から、ふにゃりと力が抜ける。

その隙《すき》を突くかのように、幸弥さんがギュッと抱き締めてきた。

「でも気に入らないな」

「幸弥さん？」

「仕事なら割り切れるって……優等生すぎないか」

瞳をジッと覗き込まれる。

思わず身動《みじろ》ぎすると、幸弥さんからボディソープの香りが漂《ただよ》ってきた。

「だって……お仕事なら演技なだけで、本気の言葉じゃないでしょう？」

「演技ね……」

幸弥さんは、眉間に皺《しわ》を寄せている。こちらを見つめる彼の表情は、やはり何故か不機嫌そうだ。

普段は柔らかいはずの空気も、今はどこか硬い。

私がなにも言えないでいると、彼は不意に口角を上げた。

「『俺以外の男を見るな』」

「ッ？」

幸弥さんが私の耳元に唇を寄せる。

「『俺のこと、好きなんだろ？』」

「ッ!?」

破壊力のあるセリフを、耳に唇を寄せて――しかも艶《つや》めいた美低音で囁《ささや》かれる。

「ゆ、幸弥さ、っ……!?」

耳たぶをやんわりと食《は》まれ、ビクッと身体が跳ねた。

濡れた唇は、ハイネックワンピースから僅《わず》かに覗く首筋を彷徨《さまよ》い、また耳元に戻ってくる。

温かな舌が、ピチャピチャと音を立てて耳を舐めた。

敏感な耳に甘い刺激を与えられ、吐息《といき》交じりに囁《ささや》かれる。

「真帆」

「あっ……」

音と感触と低い声に煽《あお》られ、背筋にゾクゾクしたものが這《は》い上がる。

反射的に逃げかけた身体が、力強い腕に捕まった。

大きな手が身体のラインを撫《な》で始める。

「幸弥さん、待って……ぁ、んん……っ！」

制止の声は唇ごと封じられた。

ヌルリと潜《もぐ》り込んできた舌に、口内を忙《せわ》しなく探られる。

「ん、んっ……ふっ……！」

「『お前が俺のものだってことを、今からたっぷり分からせてやるよ』」

幸弥さんが濃密なキスの合間に、色気を含んだ低い声で囁《ささや》く。

「んぅ……ッ」

私はもう、なにがなんだか分からない。

混乱する頭とは裏腹に、唇と舌は無意識に彼に応《こた》え、快感を求めて動きだしてしまう。

身悶《みもだ》えて顔の角度が変わる度に、唇の隙間《すきま》から唾液《だえき》の混じる音が漏《も》れた。

欲望に正直な自分が恥ずかしい。

でも……気持ち悦《い》い。

突然始まった絡み合いに戸惑いつつも、身体は早くも熱く潤《うる》み始めている。

脇腹に置かれていた手が胸へと這《は》い上《のぼ》ってきた。

「……ん……は、ぁ……っ」

手中に収めた膨《ふく》らみをやんわりと揺らしながら、幸弥さんが微《かす》かに笑う。

「『甘いお菓子よりも……真帆を食べたいな』」

「――っ！」

私は思わず目を見開いた。

……このセリフ……なんとなく聴いた覚えがある。

あぁ、そうだ。私が初めてラジオにゲスト出演した日、リスナーから寄せられたリクエストにこんなセリフがあった。

幸弥さんの吐息《といき》交じりの声は、電波を通しても色っぽくて……私は放送を聴いたとき、部屋のテーブルに突《つ》っ伏《ぷ》して身悶《みもだ》えたんだった。

でも、どうして今それを？

湧き上がった疑問への答えは、すぐに返ってきた。

「俺の声質ってS《エス》っ気があるみたいでさ……リクエストされるのは大抵が俺様系ってい

うか、自信家でちょっと偉そうな感じのセリフなんだよな」

それってつまり……

今のいくつかのセリフは、ファンからのリクエストだったの？

「締めの挨拶《あいさつ》のリクエストは、もっと気障《きざ》なセリフが多いんだけど……『夢の中で逢おうね。おやすみ』とか」

そう囁《ささや》く間も、大きな手は動きを止めない。もこもこのワンピース越しに胸の膨《ふく》らみを包み込み、感触を楽しむようにゆったりと揺すっている。

かと思えば腹部に下りて腰を撫《な》で、また胸へと戻ってくる。

そこで長い指が、不意に胸の頂《いただき》を掠《かす》めた。

「幸《ゆき》、っ……」

ん、と息を詰めた私を見て、幸弥さんは頂《いただき》を執拗《しつよう》に刺激する。

短い爪を立ててカリカリと引っかかれ、ピンと弾《はじ》かれて――

けれど厚い生地《きじ》を隔《へだ》てているから、刺激はどうしても鈍《にぶ》い。

「あ……あ、っ……」

逃げ出したいくらい恥ずかしい。

でも、もどかしくて、焦《じ》れったくて、より強い愛撫《あいぶ》を強請《ねだ》りたくなってしまう。

幸弥さんが私を横向きの体勢で囲い込んだまま、ウエストの辺りを弄《まさぐ》っていた手に力を込めた。胸を愛撫《あいぶ》していたほうの手が、すかさず膝裏《ひざうら》に回り込む。

「ひゃっ……！」

抱き上げられて、ベッドに転がされた。

「真帆が想像している以上に際どい、〝言葉責《ぜ》め〟に近いようなリクエストも届くよ。……聞きたい？」

間《ま》を置かずベッドに乗り上げてきた幸弥さんが、私の顔を覗き込む。

私がなにも言えずにいると、彼はまたほんの少しだけ口角を上げた。

「真帆が相手だと、演技じゃなくて本気のセリフになりそうだけど……真帆は『演技なら平気』だって言ってたし、試してみようか」

「え、や、待っ、ひぁッ……！」

硬い掌《てのひら》が太腿《ふともも》を撫《な》で、めくれ上がったワンピースの裾《すそ》から中へと入ってくる。

慌てて身を捩《よじ》ったり丸めたりしてみたけれど、私の抵抗などなかったかのように、呆気なく脱がされてしまった。

幸弥さんは自身のシャツを素早く脱ぐと、再び覆《おお》い被さってくる。

またたく間にブラも下着も奪われ――私がいま身に着けているのは、ワンピースと同じ素材のレッグウォーマーだけ。

せめてもの抵抗として、両腕で胸と下腹部を隠してみた。けれど手首を掴《つか》まれ、肩の辺りに追いやられてしまう。

「っ……」

恥ずかしい。

幸弥さんには何度も裸を見られているのに、未だに慣れない。

熱い眼差《まなざ》しが、顔から下肢《かし》まで舐めるように這《は》う。

幸弥さんは胸に顔を近づけ、うっとりと目を細めた。

素肌に吐息《といき》がかかる。

「……なあ、『優しくされたい？　それとも……激しくしてやろうか』」

外気に触れて硬くなり始めていた頂《いただき》を、チロリと舐められた。

全身がビクッと跳ねる。

「あぁっ！」

「『いま流れていた歌声より、お前の啼《な》き声のほうが可愛いよ』」

美低音の声が新たなセリフを囁《ささや》く。

『歌声』って……

このセリフは、もしかして曲のリクエストと一緒に送られてきたものなの？

幸弥さんは私の知らないところで、誰かへの口説《くど》き文句をマイクに向かって囁《ささや》いたの？

そう考えた途端、行き場のない嫉妬心《しっとしん》が込み上げてくる。

その一方で、胸がドキドキしてしまう。

この言葉は幸弥さん自身のものではない。別の誰かが考えたセリフだ。

頭ではそう分かっているのに……蕩《とろ》けるような美声に、感じずにはいられない。

「……『お前は甘いチョコレートが好きなんだろう？　俺の唇と、どっちが甘い？』」

唾液《だえき》に濡れた胸の頂《いただき》が、温かい感触に包まれた。

「あ、ッあ、んっ……！」

胸の先をキュウッと吸われ、舌で弄《もてあそ》ばれて、身体中をビリビリした快感が駆け巡る。

私の手首を解放した手が、ぷるんと弾《はず》むもう一方の膨《ふく》らみを包んだ。

片方はピチャ、チュク、と音を立てて食《は》まれ、片方は頂《いただき》をコリコリと弄《いじ》られる。

先ほど布越しに触れられたとき、もどかしさを覚えていたからだろうか。もう既に気持ち悦《よ》くて堪《たま》らない。背筋がゾクゾクして仕方がない。

「幸弥さんっ……」

もう片方の手首も解放され、震える両手で幸弥さんの肩に触れる。

脚の間に手を滑《すべ》り込ませた彼が、はぁっ、と熱い吐息《といき》を漏《も》らした。

「こんなに濡らして……真帆も聞こえるだろう？　ちょっと撫《な》でただけで、やらしい音が鳴ってる」

「やっ……！」

「嫌？」

温かな唇が、胸から首筋へと這《は》い上《のぼ》ってくる。

「――やめていいのか？」

耳に美声を吹き込まれた。

それと同時に、くちくちと響いていた淫《みだ》らな音が途切れる。

「真帆」

幸弥さんは秘裂に触れた指をそれ以上動かしてくれなかった。蕩《とろ》けた声で私の名を呼び、舌も使って耳ばかりを攻める。

「どうしてほしい？」

「んんっ……！」

「ちゃんと教えてくれないと分からないよ」

非情な言葉は、こんなときでも……いや、こんなときだからこそ、腰が砕けそうなほど色っぽい。

「っく、うん……っ」

耳への愛撫《あいぶ》と吐息《といき》交じりの囁《ささや》きが、私の心を乱した。

「ほら、言って。『俺の言うことが聞けないのか？』」

「ゆき、や、さん……っ……」

「『素直になれよ。溺れてみたいんだろう？』」

いつも優しい言葉遣いの幸弥さんが傲慢《ごうまん》な言い方をすると、よく知っているはずの彼が別人になったかのように思えてしまう。

無意識に喉《のど》がゴクリと鳴った。

この魅惑の声に——甘い誘惑に逆らえない。

「……し、て……」

「なにを？」

「……いじわる、っ……！」

乱れかけた呼吸を落ち着かせ、幸弥さんの肩にキュッと爪を立てる。

恥ずかしい。

でも、このままではいられない。

「さ、わって……」

上擦《うわず》った声で、そう強請《ねだ》った瞬間——心の箍《たが》が外れた気がした。

「焦《じ》らさないで……っ」

だって、欲しい。

もっと幸弥さんを感じたい。

肌も体内《なか》も、余すところなく触れられたい。

低い美声と淫《みだ》らな言葉に煽《あお》られて、胸に燻《くすぶ》る羞恥心《しゅうちしん》が消え去る。

「いっぱい、気持ち悦《よ》くして……っ！　――ひぁんっ！」

掠《かす》れた声で強請《ねだ》った直後、長い指がくぷんと音を立てて体内へと滑《すべ》り込んだ。

「『よく頑張ったな……これは俺からのご褒美《ほうび》だ』」

「あぁ……っ！」

「真帆……脚、開いて。『この俺が、嫌なことを全部忘れさせてやる』」

ビクビク震える太腿《ふともも》の間で、大きな手が私の大切な場所を探る。

中の浅い部分にある、特に弱いところ――内壁の一点を押すように撫《な》でられ、同時に別の指で花芯をクニクニと捏《こ》ねられて、お腹の奥に甘い疼《うず》きが溜まっていく。

私は無意識に腰をくねらせていた。

「ふっ――ん、んっンンっ……！」

「声、我慢するなよ。可愛く喘《あえ》ぐところ、もっと見せて」

咄嗟《とっさ》に口元を押さえた手が、大きな手で外される。

幸弥さんの身体に掴《つか》まるよう導かれ、広い背中に縋《すが》りついた。

ここまで我慢を強《し》いられていたからか、身体があっという間に感度を高めていく。

脚の間から響く水音がどんどん大きくなっていく。

腰の奥が熱い。

鋭い快感に、身も心も甘く蕩《とろ》けてしまう。

「ふ、ぁ、ぁ、あぁ……っ！」

――もう、ダメ……！

体内に埋まる指を何度も強く締めつけていたから、幸弥さんにも私の昂《たかぶ》りが伝わったのだろう。

胸の頂《いただき》を咥《くわ》えていた彼が、唾液《だえき》で濡れ光るそこから唇を離す。

そして艶《つや》を増した美声で囁《ささや》いた。

「まだダメ」

「ゆき、や、さっ……！」

欲を湛《たた》えた眼差《まなざ》しが私を見下ろす。

「達《い》くときは俺の目を見て、口で言ってから」

卑猥《ひわい》な命令をされて、んっ、と息が詰まった。

視線が絡む。

快感に蕩《とろ》けた頭は、その言葉を抵抗なく受け入れてしまい――

「い、イッちゃ――」

なのに言い切る前に、内壁を擦《こす》る指は引き抜かれてしまった。

「……え、ぁ、んっ……!?」

「真帆、可愛すぎ……っ」

混乱する私を見て、幸弥さんが微《かす》かに笑う。

素早く避妊具を着けた彼に太腿《ふともも》を抱え上げられ、指よりも熱くて逞《たくま》しいものを秘裂に押し当てられる。

「ごめん、俺も限界っ……！」

切羽詰《せっぱつ》まった声と同時に、幸弥さんに貫かれ――私は呆気なく高みへと連れていかれてしまった。

「あぁあっ！」

「ツく……っ！」

即座に力強い律動が始まる。

達した身体を落ち着ける隙《すき》も、彼から目を逸《そ》らす余裕も与えられない。

「や、幸弥、さっ……深、っぃ、ぁ、あ、っ！」

幸弥さんは大きな手で私の脚を掴《つか》み、より奥を目指して腰を押し進める。

激しく突き上げられ、ガツガツと揺さぶられて、思考が快楽に染まっていく。

「真帆は、俺のものだっ！　真っ直ぐな心も、いやらしい身体も、可愛い声もっ……全部……っ！」

猛《たけ》りきった屹立《きつりつ》が、入口から深いところまで何度も行き来する。

視界の隅《すみ》で、私がいま唯一身に着けているレッグウォーマーが淫《みだ》らに揺れた。

「ふ、あっ……！　や、あぁっ、あっ！」

「なのに真帆は……っ俺を、独占してくれないのかっ……！」

突然……艶《つや》の中に苦味を滲《にじ》ませた声が絞り出されて、私の蕩《とろ》けた心に刺さった。

「演技なら、他の奴を口説《くど》いても、平気なのか、っ！」

「――っ!?」

ゾクリと震えたのは、淫《みだ》らな刺激を与えられ続けているせいか。

それとも心に冷水を浴びせられたせいか。

「ゆき、っ……！」

律動は続いている。

気持ち悦《よ》くて堪《たま》らない。

なのに、素直に悦《よろこ》べない。

いつもなら、幸弥さんの逞《たくま》しい熱を腰の奥に感じるだけで、身も心も幸せになってしまうのに――甘くて鋭い快感を、素直に受け入れきれない。

内壁を擦《こす》り上げられ甘く蕩《とろ》ける身体と、急激に冷静さを取り戻した心が反発し合って、私を混乱の渦《うず》に叩き落とす。

それでも幸弥さんは攻めの手を緩《ゆる》めない。

私は再び絶頂へと押し上げられ――

「んんッ！　――ッッ！」

唇を塞《ふさ》がれて、悲鳴じみた嬌声《きょうせい》は彼の口内に呑み込まれた。

「ん、んっ、ん……！　っひぁ、あぁ……っ！」

もうわけが分からない。

力の入らない腕で、懸命に幸弥さんの首筋へと縋《すが》りつく。

腰を大きく揺さぶられたはずみで、涙がポロリと目尻を伝《つた》う。

「ッ……やだ……やだぁっ……！」

湧き上がった感情は、無意識に口から零《こぼ》れ出ていた。

「っ！」

私を組み敷く身体がギクリと跳ねる。

大きな手がシーツと背中の間に差し込まれ、私をグイッと抱き起こした。

「真帆……？　――っ、ごめん。悪かった。……泣くなよ……」

声は謝罪の言葉を紡《つむ》いでいるのに、やっぱり色っぽい。

長い指が私をあやすように髪や背中を撫《な》でる。

繋がった状態では、そんな些細《ささい》な刺激すら快感になってしまって――

私は幸弥さんの腰に跨《またが》ったまま、身体をビクビクと震わせた。

「や、ぁ……！」

「ごめん。苛《いじ》めすぎた」

ふるふると首を振る。

……違う。そうじゃなくて。

ちょっと強引に求められるのは嬉しいし気持ち悦《よ》い。

でもさっきの言葉はそうじゃない。

そして幸弥さんがそんなことを言う原因は私にあって——

ああもう、感情がぐちゃぐちゃで、言葉が上手く出てこない。

どうしたら伝わるの？

どうすれば、幸弥さんは分かってくれるの？

「うー……」

眉根を寄せて、彼を見つめた。

潤《うる》んだ視界に映る幸弥さんの表情は、欲をあらわにしながらも困惑の色を滲《にじ》ませている。

——そんな顔を見たら、何故か無性に腹が立ってきた。

理不尽な気持ちに突き動かされるように、両腕に力を込める。

「ッ!?　……真帆？」

押し倒された幸弥さんが、シーツに背中を預けながら戸惑いの声を上げた。

私は厚い胸板に手を突いたまま、浅くなりがちな息を必死に整える。

「――平気なんかじゃない……っ！」

目を大きく見開いた幸弥さんを、キッと睨《にら》みつけた。

憧れ、愛《いと》おしさ、焦り、不安、嫉妬《しっと》、混乱……他にも言葉では言い表せないような様々な感情が、胸の奥でぐるぐると渦巻《うずま》いている。

「私だって、幸弥さんを独り占めしたい……！　心も身体も私のものだって言いたい！　真面目なときの声も、蜂蜜《はちみつ》みたいに甘い囁《ささや》きも、他の人になんか聞かせたくない……っ！」

不意に声がグッと詰まった。

代わりに、涙がボロボロと溢《あふ》れてくる。

「……でも、幸弥さんは……っ……私だけのものじゃないから……っ」

胸が苦しい。

自分で発した声に、自分自身が打ちのめされる。

なのに言葉は止まらなかった。

「幸弥さんの声は、皆のものだから……だから、我慢しようって……お仕事なら仕方ないって、納得しようって……私は恋人になったんだから、きちんと理解しないと……っ！　彼氏の仕事に理解のある彼女でいないと……そうしないと、いつか嫌われちゃうから……！」

自分でもなにを言っているのか分からなくなっていた。

でも告げた言葉はどれもが本心で――

本当は幸弥さんに隠しておきたかった、私の醜《みにく》い部分だった。

……私、最悪だ。

幸弥さんと過ごす幸せな夜だったはずなのに、甘い雰囲気を自《みずか》らの手で粉々に砕いてしまった。

〝私を好きだと言ってくれる彼を、信じる〟

そう決めたのに。

自分を磨いていこうと考えていたはずなのに。

幸弥さんが実際に電波に乗せたことのあるセリフや、私の知らない放送で囁《ささや》いたかもしれないセリフ、今後の放送で言うかもしれないセリフを次々に浴びせられて……今、こんなに心が乱れている。

独占欲や嫉妬心《しっとしん》ばかりが込み上げてきて、胸が苦しくて堪《たま》らない。

「ごめんなさい……っ」

溢《あふ》れ出た涙も止まらなかった。

頬を伝《つた》った雫《しずく》が、幸弥さんの素肌の上にパタパタと零《こぼ》れ落ちる。

私は瞼《まぶた》をギュッと閉じ、胸板に置いていた手を持ち上げた。濡れた目元をごしごしと擦《こす》り、はぁっと息を吐く。

二度、三度と深呼吸を繰り返すと、昂《たかぶ》った感情がほんの少しだけ落ち着いた。

「……ごめんなさい。こんなの我儘《わがまま》ですよね」

笑え、私。

俯《うつむ》いたまま、懸命に声を取り繕《つくろ》う。

「いろいろ言っちゃいましたけど、ファンの子達のことを大事にしてほしいとも思ってるんです。私だって、昔はいちリスナーとして幸弥さんの声に支えられてたから……。それになにより、皆の気持ちに応《こた》えながら仕事をしている幸弥さんが大好きなんです」

どうにか笑顔を作り、ようやく視線を上げた。

意を決して、幸弥さんの顔を見る。

「だから、リップサービスは今まで通り――」

そこで言葉は途切れてしまった。

彼の瞳に浮かぶのは、怒りでも、呆れでもない――真摯《しんし》でひたむきな感情。

幸弥さんは私と目が合うと、その表情を泣きそうな笑みへと変えた。

大きな手に導かれて、上体が前に倒れる。

「俺が今、どんな気持ちでいるか……分かるか？」

頬をスルリと撫《な》でた指が、乾ききらない涙の跡をそっと拭《ぬぐ》う。

……分からないよ。

自分自身の気持ちでさえ持て余しているのに。

黙ったままでいると、急に不安が首をもたげた。

もしかして、愛想が尽きた？

自分勝手なことを考えている私に呆れた？

あなたを振り回してばかりいる私のことなんて、もう――

「嫌いになんて、なるわけないだろう」

幸弥さんが私の心を読んだように囁《ささや》く。

「……っ！」

「我儘《わがまま》だとも思ってないよ。それどころか、結構……いや、かなり感動してる」

「幸弥さん……っ」

私は眉根を寄せて首を横に振った。

「でもっ……私、割り切って前向きに頑張るって決めたのに……迷ってばかりで……」

どうしよう。視界がじわじわと滲《にじ》んでしまう。

一旦は止まったはずの涙が、また溢《あふ》れそうになっている。

「真帆、ごめん。今夜のことは全部俺が悪い。真帆があまりにも優等生すぎるっていうか、俺の仕事に理解がありすぎて、逆に不安になったんだ。ほんの少しでもいいから焼きもちをやかせたくなった。……勝手に拗ねて、意地悪してごめん」

幸弥さんが目を細め、口角を微《かす》かに上げた。

「変に割り切られるより、嫌なものは嫌だって言ってくれたほうが、ずっと嬉しいよ。……俺のこと、沢山考えてくれてたんだな。ありがとう」

……私、許されたの？

あんなに我儘《わがまま》で矛盾だらけのことを言ってしまったのに？

勢いに任せて独りよがりな主張をしてしまったのに……？

大きな手で、そっと抱き寄せられる。

彼の胸板に頬を寄せながらも、私の混乱は続いていた。

それでも――彼の優しい温もりを感じ、心音に耳を傾けていると、強張《こわば》っていた心がじわじわと解《ほぐ》されていく。

「……気持ちがすれ違う前に、こういう話ができて良かった」

幸弥さんがふっと笑った。

髪を撫《な》でる吐息《といき》がくすぐったくて、私も微《かす》かに笑う。

――涙はもう、溢《あふ》れることはなかった。

マイナスの感情をぶつけたことが、良い結果を生んだなんて……私自身、なんだか信じられない。

でも……良かった。

頑《かたく》なに自分を取り繕《つくろ》い、上辺《うわべ》だけの言葉を告げて、本当の気持ちを抑え込んだままでいたら……彼が言うように、気持ちのすれ違いが起こっていたかもしれない。

そんなの、きっと耐えられない。

だから本音を晒《さら》して良かったんだろう。

「真帆」

名を呼ばれ、そろりと顔を上げる。

「……はい」

「真帆……」

ゆったりと重なった唇は、優しくて甘い。

私の唇をチロリと舐め、その隙間《すきま》を探り始めた舌先を、口を薄く開いて迎え入れた。

溢《あふ》れるほどの愛情が込められたキスが、心と身体をとろとろに蕩《とろ》けさせていく。

「……辛い」

チュッと音を立てて離れた唇が、頬を滑《すべ》って耳元へと寄せられた。

「真帆のこと、好きになりすぎて辛い。心臓が壊れそう」

熱い吐息《といき》交じりに囁《ささや》かれ、思わず身体が揺れた。

そこで――ようやく気づく。

「ぁ、っ……！」

そういえば……私の中に、まだ幸弥さんが……っ！

今までどうして意識していなかったんだろう。

私、どれだけ余裕がなかったんだ。

「真帆？」

挙動不審になった私を訝《いぶか》しんだのか、幸弥さんから声がかかる。

「あ、あの……」

もじもじと身動《みじろ》ぎしたら、体内に留まっている彼の存在を余計に感じてしまって……

先ほどとは違う意味で泣きそうになってしまった。

「……えっと……ど、どうしましょう……？」

「ああ」

幸弥さんは私が慌てだした理由を即座に察したらしい。

柔らかな表情を浮かべていた彼が、不意にニヤリと笑う。

「……身体、すっかり冷えてるな。温め直そうか」

「えっ」

嘘でしょ？　と尋ねる猶予《ゆうよ》はなかった。

下から軽く突き上げられ、腰の角度が変わる。

「んぁ、っ」

「俺の形、すっかり覚えてそうだな」

どういう意味ですかっ！

いいえ、言いたいことは分かりますけど……結構な時間受け入れたままでしたから……って、私はこんなときになにをっ……！

「ぁ……ん、……んっ……」

ゆったりとした律動に、全身が揺さぶられる。

幸弥さんの腰を跨《また》いだ体勢は、我に返った後だと照れ臭い。

私の中で少しずつ勢いを取り戻していく彼を生々しく感じてしまう。

上半身は力が抜けてふにゃふにゃしているのに、繋がった場所だけはキュウッと力を込めてしまう。

恥ずかしくて仕方がない。

「ッ、痛……っ」

ぐっと奥まで強く突き上げられたとき、下腹部に痛みが走った。

身を強張《こわば》らせた私を見上げて幸弥さんが苦笑する。

「結構時間を置いたからな」

彼は逞《たくま》しい上体をベッドの上で起こした。

くぷ、と音を立てて屹立《きつりつ》が抜かれる。

彼と入れ替わるように、私はベッドに転がされた。

「幸弥さん……っ？」

「仕切り直し」

耳元で囁《ささや》いた唇が、そのままそこを甘く食《は》む。

「んっ」

冷えてしまった身体が、幸弥さんの温もりにすっぽりと包まれた。

大きな手が首筋から鎖骨を経て肩へ行き、そこから脇腹や腰、太腿《ふともも》までを、ゆっくりと撫《な》でていく。

柔らかく、優しく、まるで宝物を扱うような手つきで触れられて、一旦引いてしまった熱がじわじわと戻ってくる。

「真帆」

囁《ささや》く声を、いつも以上に甘いと感じてしまうのは何故だろう。

「真帆……」

呼びかけに小さな喘《あえ》ぎで応《こた》えながら、幸弥さんの広い背中に腕を伸ばした。

「……ぁ、ぁ……っ」

唇を重ね、擦《こす》り合わせて、どちらからともなく舌を絡ませ合う。

「ん……」

……心地《ここち》好い。

快感を呼び覚まされるというより、穏やかで幸せな気持ちに胸が満たされていく。

ピチャリと音を立てて離れた唇が、私の首筋を伝《つた》い、胸の膨《ふく》らみをゆるゆると辿って

下腹部へと下りた。

脚の間に顔を寄せた幸弥さんが、太腿《ふともも》の内側をゆっくりと舐める。

濡れた感触に、ピクッと身体が震えた。

「はぁ……あ、あっ……」

唇は柔らかい内腿《うちもも》を行き来しながら、時折チリッと痛みを与えてくる。

やがて私の反応を見計らったように脚の付け根へと向かう。

淡い茂みに隠された小さな粒を、尖った舌先でチロリと舐められた。

「ん、あっ！」

大きく震えた太腿《ふともも》を、幸弥さんが両手で押さえる。

秘裂から花芯までをねっとりと舐め上げた舌が、そこを執拗《しつよう》に攻め始めた。

秘裂の入口をくぷくぷと犯される。

柔らかくて温かなものを浅い部分で抜き差しされると、指で探られるときや屹立《きつりつ》で貫かれるときとは違った快感が生まれる。

「つは、ぁ、ぁ……幸弥さ、っ……あぁ！」

敏感な粒を舌先でクニクニと捏《こ》ねられ、唇でやんわりと食《は》まれて、お腹の奥に熱が溜まっていく。

ピチャピチャと音を響かせるのは、わざととしか思えない。

卑猥《ひわい》な水音は幸弥さんの唾液《だえき》のせいだけじゃないと言われているようで、全身がカアッと熱くなってしまう。

「ゆっ……も、いいから……っ！」

「……ん？」

私の声に答える間も、彼は愛撫《あいぶ》をやめない。

私は腰をくねらせて身悶《みもだ》えながら、彼の髪を震える指でかき交ぜた。

「もう、欲しっ……あ、あんんッ……！」

「達《い》きそうなら達《い》って良いよ」

「やっ……！　一緒、が、いいの……っ！」

上擦《うわず》った声でせがむ。

「真帆……」

脚の付け根にあった彼の顔が、ふと持ち上がった。

「ん……はぁ……幸弥、さん……っ」

素直に願いを伝えてみたものの、どんな顔をすれば良いのか分からない。

躊躇《ためら》いつつ、そっと幸弥さんのほうを窺《うかが》った。

自分から強請《ねだ》るのは、やっぱり恥ずかしい。

けれど、湧き上がる気持ちを秘めたままにしておきたくなかった。

醜《みにく》い感情をあらわにしてしまった私を、幸弥さんが丸ごと受け入れてくれたから、この気持ちも自然に口にすることができる。飾らない素の自分を曝《さら》け出せる。

幸弥さんにも……今度こそ最後まで……気持ち悦《よ》くなってほしい。

私の中で果ててほしい――

「……い……っ……挿《い》れて……」

私は込み上げる恥ずかしさを懸命に堪《こら》えて告げた。

幸弥さんは私と目が合うと、その場で固まってしまう。

数秒後、口元をグイッと拭《ぬぐ》って身体を起こした。

「……またそうやって、俺の自制心を試すようなことを言う」

「え……」

大きな手が私の太腿《ふともも》を抱え上げる。

「あんまり煽《あお》ると、一晩中離してやれなくなるぞ？」

「……うん……離さないで……」

幸弥さんが不意に押し黙り、喉仏《のどぼとけ》を上下させた。

潤《うる》んだ秘裂に、熱くて硬い切先が当たる。

私は彼の首筋に両腕を回した。

「幸弥さん……好き……」

火照《ほて》った顔で囁《ささや》く。

私の告白を聞いた幸弥さんは、ほんの一瞬だけ視線を彷徨《さまよ》わせる。

そしてこちらを見下ろすと、雰囲気をそれまで以上に甘ったるいものへと変化させて――

「俺も――好きだよ、真帆」

腰に響く美低音で囁《ささや》くと同時に、私の体内を力強く突き上げた。

その後――私は幸弥さんの激しい律動に翻弄《ほんろう》されて、蕩《とろ》けきった顔を彼の眼前に晒《さら》しながら喘《あえ》ぐこととなった。

身も心も幸弥さんでいっぱいに満たされた私は、泣きたくなるくらい嬉しくて。

今までで一番甘くて幸せなひとときに、溺れるように夢中になった。

絶頂を経て体勢を変え、幸弥さんと一緒に果てた後も、彼は宣言通りに私を離さなかった。

また組み敷かれ、身体中を愛撫《あいぶ》されて、繋がって。

高く啼《な》く合間に幸弥さんの名を呼んで、「好き」と繰り返して——

乱れに乱れて力尽きた私は、気を失うように眠りの世界へと旅立った。

意識を手放す直前に交わした言葉を思い出す。

「私……幸弥さんの彼女のままで良いですか……？」

掠《かす》れた声で囁《ささや》いた私に、幸弥さんは極上の笑みを浮かべ、とびきり魅惑的なハニーボイスで答えてくれた。

「——俺は全部、真帆のものだよ」

9

街がイルミネーションで彩《いろど》られ、世間が忙しくもワクワクとした雰囲気に包まれた、十二月中旬の金曜日。

私のスマホに、幸弥さんからこんな連絡が入った。

『明日の夜の放送を聴いてほしい』

明日……つまり土曜の夜に彼がパーソナリティを務めている番組といえば、夏の終わりに私がゲスト出演していたあの番組しかない。

幸弥さん、なにか言うつもりなのかな。

私に関係すること？

でも公共の電波を使って発表することなんて、なにもないはずだし……

私は頭に疑問符を浮かべつつ、詳しく尋ねることもしないで、了解の返事を送った。


そして迎えた翌日。

私はアパートの部屋で、スマホのラジオ視聴アプリを開き、午後八時からの放送を待っていた。

時報に続き、聴き慣れたオープニング曲が流れ始める。

幸弥さんの声をラジオで聴くのは久しぶりだ。

彼の軽快な喋《しゃべ》り方は、以前と全く変わっていない。

そういえば、木梨さんは幸弥さんの声を『美声に磨きがかかった』と表現していたけれど……普段から彼の生の声を聞いているからか、私には『ハキハキした綺麗な美低音』としか感じられなかった。

――幸弥さん……あのスタジオで、マイクに向かって喋《しゃべ》ってるんだなぁ……

以前、外から覗いたAスタジオを思い浮かべる。

ヘッドホンをした幸弥さんを想像すると、照れ臭いような、くすぐったいような気持ちになってしまう。

私はしばらくの間、カフェオレをちびちびと飲みながら放送に耳を傾けた。

番組は最新音楽チャートからドライバーズ・インフォメーション、ゲストコーナーへと、通常通りに進行していく。

今夜のゲストは、二輪業界の雑誌などで活躍するフリーライターの男性だった。

「……んー、知らない人、だよね……」

楽しそうに会話する声を聴きつつ、小さく唸《うな》る。

私の知っている人がゲスト出演するからわざわざ連絡してくれた、というわけでもなさそうだ。

二人のトークは面白いものの、どうしても聴きたい！　と思えるほどの内容ではない。

私が首を傾げている間に、二十分間のゲストコーナーは終わってしまう。

そして驚きは、番組後半のメール紹介のコーナーで唐突にやってきた。

『――さて。えー、気づいていたリスナーさんもいるかもしれないけど、ちょっと思うところがありまして、少し前からセリフのリクエストメールを取り上げていませんでした。が！　次回からまた、お応《こた》えできそうなものは取り上げていこうかなって考えてます』

「……え？」

二杯目のミルクティーを手に、ギクリと固まる。

私が硬直している間も、当たり前だけど幸弥さんのお喋《しゃべ》りは続いていた。

『でも放送コードに引っかかるような際どい内容はダメだからなー？　そこのところを踏まえて、なにか思いついたセリフがあったら送っていただけたらなー、と思います。シチュエーションをいろいろ想像できそうなセリフだったら採用率高いかも？』

軽やかな笑い声に、賑《にぎ》やかな効果音が被さる。

幸弥さんは流れるようにリクエスト曲の紹介に入った。

女性ボーカルの可愛い歌声が流れ始める。

でも、私はそれどころじゃなかった。

「リップサービス、再開するの……？」

流れているのはアップテンポの明るい曲で、私もよく聴く好きな曲なのに、今は耳を素通りしていく。

——幸弥さんは、今夜これを発表するつもりで、私に連絡してきたんだ……

そう理解した途端、心がざわめきだす。

私はラグの上で膝《ひざ》を抱えた。

「幸弥さん……」

十日ほど前、『リップサービスは今まで通りで』と彼に告げたのは、他ならぬ私自身だ。

でも本当に再開してしまうのかと思うと、とても落ち着いてはいられない。

——揺れる感情は、曲が終わっても治まらなかった。

『早速《さっそく》リクエストが届いてますねー……皆、そんなに聴きたかったの？　じゃあ次回とは言わず、いま解禁しちゃおうかな』

「え、嘘っ……」

心の準備をする間もなく、幸弥さんが朗らかな声でメール紹介に入る。

『時期的にちょうど良さそうなものが届いてますので……えー、「ラジオネーム：にゃおにゃお」さん。「志波兄さん、こんばんは！」、はい、こんばんはー。「リクエスト解禁、とっても嬉しいです！　ということで、もし志波兄さんに好きな人がいたら、その人に向かって言うつもりでお願いします！」……おぉ……解禁直後からハードルを上げていくスタイルだなー』

〝にゃおにゃお〟さん？　って、木梨さん!?

待って、本当にいま言うの？　どうしようっ!?

『じゃあ、気合入れていきますね。……コホン』

ＢＧＭのボリュームが下がる。

『――「これからもこうして、一緒に年を重ねていこうな」』

「……え？」

あれ？　……あれ？

えっと、確かに心の籠《こ》もった声だったし、雰囲気のある色っぽい声だったけど……

思ったほどダメージがない。

そう考えたのも束の間。

『「――メリークリスマス」』

「～～～っ!!」

次に幸弥さんが発した声を聴いて、私はラグの上に倒れ込んでしまった。

今は十二月の半ばで、時期的にはなんの変哲もないセリフだ。でも――

言葉が出ない。

――幸弥さん……なんて声で喋《しゃべ》ってるんですか……っ!!

艶《つや》を凝縮したような、吐息《といき》交じりの囁《ささや》き声。

たった八文字、二秒にも満たないセリフで、ここまでの破壊力を生み出すなんて――

くったりと倒れ込んだまま、それだけを呟《つぶや》いて瞼《まぶた》を閉じる。

ローテーブルに置かれたスマホからは、番組のエンディング曲が流れ始めていた。

「プロって凄い……」


——週が明け、月曜日。

出社した私は案の定、待ち構えていた木梨さんに捕まった。

「おはようございます塚口さん！」

「お、おはようございます」

彼女に手を引かれ、ずるずると引っ張られて、ひと気のない区画に向かう。

「早速ですけど塚口さん！　き、き、きっ聴きました？　土曜日の放送、聴きましたっ!?」

二人きりになった途端、木梨さんの鼻息が荒くなる。

目も爛々《らんらん》と輝いていて、正直かなり怖い。

「は、はい、一応」

後ずさりながら頷くと、彼女はこちらににじり寄ってきた。近い近いっ！

「あのとき大変だったんですよっ！」

大興奮の木梨さんが早口で捲《まく》し立てる。

二日前の土曜日、彼女は例のごとく、ラジオ局の観覧スペースに遊びに行っていたそうだ。

そして、生放送中の幸弥さんからセリフのリクエストを取り上げる旨《むね》を聴いた直後、番組に速攻でメールを送ったのだという。

木梨さんとしては、メールが採用された時点で大満足だったらしいんだけど……

「志波兄さんが、我らが神が、メリクリって！　ちょっぴり伏せたご尊顔《そんがん》に慈愛《じあい》の笑みを浮かべられて、メリクリってー!!」

放送中の幸弥さんの様子を思い出したのか、木梨さんが黄色い悲鳴を上げる。

「いやあの、落ち着いてください。ここ一応会社の中ですから。抑えぎみにしても結構響きますから……！」

おろおろする私を前にしても、木梨さんの興奮は収まらない。

どうやら幸弥さんの声の効果は絶大だったようだ。

一言めが囁《ささや》かれたときは観覧スペースで悲鳴じみた歓声が上がり、二言めが囁《ささや》かれた瞬間はその場にいたファンの全員が、へなへなと床に座り込んでしまったらしい。

「えっと……よ、良かったですね……？」

「はい！　ありがとうございます！　きっと塚口さんのお口添えのお陰です！」

木梨さんは胸の前で両手を組み、感激のオーラを身体中から迸《ほとばし》らせている。

清楚《せいそ》系美女の笑顔が眩《まぶ》しい。

「私はなにも……そうだ、木梨さんって声ヲタクなんですか？」

話題を微妙に逸《そ》らすと、木梨さんは輝く笑顔をシャキンとした表情に変えた。

「はいっ。最近はずっと神ばかり追いかけていて、推《お》し歴は約三年です。ここ最近は声優活動も多くなってきたせいか、にわかファンが増えたみたいですけど、私はその前からのファンなので、にわかじゃないですよ」

彼女がキリッとした声で、少し自慢げに答える。

「じゃあ昔の番組は知らないんですね……」

「昔、といいますと？」

私がポロリと零《こぼ》した呟《つぶや》きを耳にして、彼女が真顔になった。

木梨さんは、幸弥さんが六年前に放送していたラジオ番組でも、ときどき色っぽい声でファンサービスしていたことは知らないらしい。

私が当時の番組内容について教えると、彼女は瞳をキラキラと輝かせた。

「おみそれしました！」

木梨さんがガバッと頭を下げ、私の両手をガシッと掴《つか》んだ。

「先輩、ついていきますっ！」

「せっ……先輩!?」

「先輩、その幻《まぼろし》の番組の音源をお持ちではないですか!?」

「え、いや、あの。持ってないです」

「残念! では口頭で構いませんので、当時のことをもっといろいろ教えていただきたく――」

「塚口っちゃん……?」

不意に名前を呼ばれて振り向くと、数メートル先に根谷さんの姿があった。

根谷さんは怪訝《けげん》そうな表情を浮かべ、私と木梨さんを交互に見やる。

「あ、それでは私はこれで……」

急に大人しくなった木梨さんが、私の両手を放して一歩、二歩と後ずさる。

彼女は私と、それから根谷さんにもペコリと頭を下げて、しずしずと去っていった。

「……塚口っちゃん、大丈夫? 今たまたま通りかかったんだけど、木梨さんに物凄い勢いで絡まれているように見えたから……なにもされなかった?」

心配する根谷さんに、私は苦笑しながら頷く。

「一方的に気に入られたというか、慕《した》われたというか……上から目線な言い方で申し訳ないんですけど、そんな感じです」

木梨さんに悪意がないことは確かだ。

ただ表現がオーバーで、私に仲間意識を抱いているだけなのだと思う。

でも私、声ヲタクじゃないんだけどなぁ……

「なら良いけど……」

はっきりしない表現を重ねる私に、根谷さんも曖昧《あいまい》に相槌《あいづち》を打つ。

木梨さんについてそれ以上話すことなく、私達は並んで二課へと向かった。


「――っていうことがあったんですよ」

数日後の週末、私達はイルミネーションを見に行くことにした。

私は幸弥さんと食事した後、電車で移動する最中に事の顚末《てんまつ》を報告した。

「あの夜の放送、真帆も聴いてくれたんだな。今までずっと話題に出してこなかったから、聴いてくれなかったのかと思ってた」

改札を抜け、夜の街に出る。

「ごめんなさい。報告は直接逢ったときにしようって思ってたんです」

「そっか」

幸弥さんが息を白くさせながら笑った。

十二月も半ばを過ぎ、気温は一段と下がっている。ブーツを履いていても足元から冷気が立ち上《のぼ》ってくるし、外気に晒《さら》された頬は冷たい。

でも、幸弥さんのジャケットのポケットに入れさせてもらった手は、とても温かい。

絡めた指にキュッと力を込める。

するとと同じくらいの力で握り返され、胸の中もぽかぽかしてきた。

「……放送、どうだった？　真帆の気持ちも、ファンの子達のことも大切にできるように考えてみたんだけど……」

帰宅ラッシュの時間帯を過ぎてもなお大勢の人が行き交う中、幸弥さんが躊躇《ためら》いがちに尋ねてくる。

私は隣の彼を見上げた。

歩みを止めると、私に合わせてゆっくりと進んでいた彼も立ち止まる。

歩道の端で見つめ合うことしばし――

先に目を逸《そ》らしたのは私のほうだった。

「私……次回からまたリクエストを取り上げるって聴いたときは、とにかくびっくりして……曲の後に幸弥さんがメールを読み始めたときは、凄くそわそわして……」

「うん」

「あのセリフ、最初の一言は普通に聴けたんですよ？」

言い訳をするように早口で告げながら、上目遣いで幸弥さんをチラリと窺《うかが》う。

「でも次の言葉はちょっと……いいえ、かなりドキドキしました……」

「あー……」

今度は幸弥さんが視線を横に流す。

私達の間に、妙な空気が流れた。

……どうしたんだろう。

ファンサービスのセリフを聴いた私が照れてしまったという話は、幸弥さんにとって は想定内だと思ってたんだけど……

感想を聞いた彼は、私の予想と違ってどこか気まずそうにしている。

幸弥さんの態度の変化についていけなくて、私は戸惑ってしまう。

「……あの、ダメでした？　もしかして、幸弥さんのお仕事の声にドキドキしちゃうのって、彼女失格でしょうか」

「いや、そうじゃなくて……」

彼はしばらく言い淀《よど》んだ後、ようやく口を開いた。

「それは俺自身のせいというか……セリフの途中で真帆の顔が過《よぎ》って、ちょっと感情が籠《こ》もりすぎて……」

「私ですか……？　――ッ！」

それってつまり、私のことを想いながら囁《ささや》いたから、あんなに破壊力のある美低音になった、ってことですか⁉

衝撃の告白を受け、冷たい頬にカーッと熱が集まってくる。

見上げる幸弥さんの顔も、どことなく赤いように見えた。

「狙ってやったわけじゃないんだ。ヤバいって気づいたときには、もう手遅れだったというか……」

「……」

「ガラスの向こうにいた女の子達はしばらく立ち上がってくれないし、放送終了後に松尾から『やりすぎだ』って怒られるし」

幸弥さんが小声で言葉を続ける。

私はもう彼の顔を直視できなくなって下を向いた。

「真帆……」

頭上で途方に暮れたような声が響く。

「あ、あの、私は別に怒ってないので――」

急に俯《うつむ》いたことで、幸弥さんを不安にさせてしまったのだろう。

私は慌てて言い募《つの》った。

「最初の一言は、優しい雰囲気があって良かったと思います。セリフの内容も、ファンの子達の要望に応《こた》えていたと思いますし、実際に木梨さんはとっても喜んでましたし……私を気遣ってセリフを選んでくれたんだなって分かったので」

数日前に聴いた声が脳裏《のうり》に蘇《よみがえ》る。

『これからもこうして、一緒に年を重ねていこうな』

あれは口説《くど》き文句のカテゴリには入らない。

受け取り方によっては、愛情とも親愛とも取れる言葉なんじゃないかな。

若いカップルがなにかの記念日に言っても良い。

老夫婦が縁側でひなたぼっこしながら、何気なく言っても良い。

まさしくあのとき幸弥さんがラジオで言った『シチュエーションをいろいろ想像できそうなセリフ』だと思う。

幸弥さんはファンに配慮しつつ、私のことも気遣ってくれた。

その気持ちがなによりも嬉しかった。

「『メリークリスマス』のほうも、この時期には普通に言いますし……声が予想以上に色っぽかったのは、私のせいでもあるのかなって思うと、う、嬉しいような気もするので……少しだけ恥ずかしいですけど……」

ポケットに入っていないほうの手で、幸弥さんのジャケットをそっと掴《つか》む。

「なので……本当に大丈夫です……」

もごもごと口籠《くちご》もりながらも、素直な想いをどうにか伝えきった。

「……うん」

幸弥さんの短い返事が、焦りや気恥ずかしさをかき立てる。

なにこの空気。

物凄く照れ臭いんですけど……！

私は火照《ほて》った顔の下半分をマフラーで隠しながら、パッと身体の向きを変えた。

「いっ、行きましょうか。えっと、あっちかなっ？」

繋いだ手が急に汗ばんできたような気がして、彼のポケットから手を抜く。

「ひゃっ」

直後、大きな手に肩を抱かれた。

思わず幸弥さんを見上げる。

私の歩調に合わせてゆっくりと歩き出した彼は、顔をこちらに向けてくれない。

けれど、私の胸に不安は生まれなかった。

……だって、幸弥さんの耳が赤いから。

彼はいつも平気な顔で気障《きざ》なセリフを囁《ささや》いてくるし、私が恥ずかしがると楽しそうに顔を覗き込んでくる。

でも彼自身が照れたり恥ずかしがったりするときには、こうして言葉数が減って、私と目線を合わせなくなるのだ。

幸弥さんのこの癖に気づかなかった頃は、彼がフイッと顔を背《そむ》ける度に、機嫌を損ねてしまったんじゃないかって不安になっていたけれど……

肩をしっかり抱いてくる大きな手を、今は信じられる。

ドキドキしながら、私からも幸弥さんに寄り添う。

すると、肩に置かれた手の力が少しだけ強くなって——私はよりいっそう胸を高鳴らせてしまった。

「わぁ……！」

やがて、人混みの向こうにイルミネーションの光が見えてきた。

街路樹に取りつけられた無数のＬＥＤライトは、その全てが青色。

何度も通ったことのある道が、鮮やかな青に彩《いろど》られて、まるで初めて足を踏み入れる場所のようだ。

ワクワクしながら周囲を見回していると、幸弥さんにグイッと抱き寄せられた。

「危ないよ。少し端に寄ろうか」

人とぶつかりそうになった私を守ってくれたらしい。

人の流れに乗って、青い並木道をゆっくりと進んでいく。

横断歩道を渡ると、その先には青い森が広がっていた。

「凄い……」

通りの突き当たりには公園があり、そこの木々もイルミネーションで彩《いろど》られている。

街路樹も充分綺麗だったけれど、いま目の前に広がる光景は壮観の一言に尽きた。

公園の中に続く道の両側は、枝の先まで青く輝く木々でいっぱいだ。

その光が地面を照らしていて……いや、違う。

「道が光ってる……？」

「ここの道には反射シートが敷かれてるらしいよ」

幸弥さんの説明に、なるほどと頷く。

見上げた木々の枝には、数えきれないほどの青い光。

その煌《きら》めきを撥《は》ね返す地面も、眩《まぶ》しいくらいの青。

更には行き交う人々までもが光を浴びて、髪も服も真っ青に染まっている。

鮮やかな青一色の世界に、私達はいた。

幸弥さんと寄り添いながら、イルミネーションをゆっくりと楽しむ。

「綺麗……素敵……」

それ以上の言葉が出てこない。

大感動の中、ふと隣を見上げると、こちらを見下ろしていた幸弥さんと目が合う。

「……なんだか夢みたいです」

うっとりとした気持ちのままに囁《ささや》いた。

「クリスマスは一週間以上先なのに、最高のプレゼントをもらったみたい」

柔らかな微笑みを浮かべていた彼が、私の言葉を聞いて僅《わず》かに苦笑する。

幸弥さんがどうしてそんな表情になったのか——

その答えは、青い世界から現実へと戻った後、ホテルの部屋に入ってから分かった。


——翌朝。


私は眠い目を擦《こす》り、濃密に愛し合ったせいで気だるい身体を捩《よじ》った。

スマホの画面をタップしてアラームを止め、ぼんやりしたまま周囲を見回す。

見慣れない壁と天井。知らない家具。広いベッド——

そこまで認識して、昨夜は幸弥さんが予約していたホテルに宿泊したのだと、ようやく思い出した。

「おはよう」

隣に横たわる幸弥さんが、私が起きたのを見て嬉しそうに目を細めた。

「……はよ……ざいます……」

左手をキュッと握られる。

彼は私が眠っている間、ずっと指を絡めていたらしい。

蕩《とろ》けるような眼差《まなざ》しで私を見つめ、恭《うやうや》しい態度で左手を持ち上げて、小指の付け根に唇を寄せた。

しっとりしたリップ音が響く。

そこには、彼からのクリスマスプレゼントが嵌《は》まっていた。

――九月生まれの私の誕生石、サファイア。

幸弥さんは、様々な色の種類があるサファイアの中、鮮やかで深いブルーを私に選んでくれた。ピンクでもイエローでもなく、昨晩眺めたイルミネーションと同じブルーの石。

その両端には、それより小粒な透明の石が並んでいる。

昨日この部屋で小指に嵌《は》めてもらったときも、繊細でとても綺麗な指輪だと思った。明るい場所で改めて眺めると、よりキラキラと輝いているように感じられて、胸が熱くなってしまう。

「真帆」

指輪をうっとりしながら眺めていると、腰に響く美低音で名を呼ばれた。

「俺、もう真帆がいないと、息の仕方も分からないかも」

「そんな大袈裟《おおげさ》な……」

幸弥さんは艶《つや》めいた笑顔で私の瞳を覗き込む。

「だって真帆は他の誰よりも俺の言葉に共感してくれる。声に惑わされず、俺自身を見てくれる。慣れないことに一生懸命取り組むひたむきさにも惹《ひ》かれるし、笑顔はとびきり可愛いし、ときどき振り回されるのだって楽しい。おまけに料理上手で、しかも夜の相性が抜群。こんな理想通りの子を手放せっていうほうが無理」

至近距離で続けざまに褒め言葉を囁《ささや》かれ、顔がカーッと熱を帯《お》びていく。

私はギシギシする身体をどうにか動かして幸弥さんに背を向けた。

小さく縮こまり、昨晩喘《あえ》ぎすぎて掠《かす》れた声でぼそぼそと話す。

「……微妙に否定したい部分があったんですけど」

「そう？　全部事実だよ」

よく馴染《なじ》んだ温もりに、背後からギュッと包まれた。

髪にキスした唇が、耳に艶《つや》めいた美低音を吹き込む。

「真帆。こっち向いて」

「……あと三分待ってください」

「大丈夫。照れて真っ赤になった顔も最高に可愛いよ」

「そういうこと言わないでくださいよ……」

蕩《とろ》けるような美声と甘ったるい空気にあてられて、私は顔だけじゃなく全身まで火照《ほて》らせてしまう。

リングの嵌《は》まる左手の小指を、右手でそっと包み込む。

……ピンキーリングに馴染《なじ》みのなかった私は、昨晩これを受け取ったとき、どっちの手に着ければ良いのか迷ってしまったんだよね……

そんな私に幸弥さんは『身に着けてくれるならどちらでも構わない』と言ってくれた。そして彼自ら指輪を嵌《は》めてくれたのだ。

「……へへっ」

昨夜の甘ったるいやり取りを思い出した途端、変な笑い声が口から漏《も》れてしまう。

「なーに笑ってるんだ？」

「ひゃんッ」

背中に密着した幸弥さんが、息を私の耳に吹きかける。

そのままパクリと食《は》まれ、丸めた身体がビクッと跳ねてしまった。

「幸弥さん、ダメ、もう朝っ……！」

敏感な耳をピチャピチャと音を立てて舐められる。

掠《かす》れた声での抗議は、それ以上続かなかった。

「あ、ぁっ……！」

「やめてほしかったら俺のほうを向きなさい」

楽しそうに命令してくる幸弥さんに、従いたいけれど、従いたくない。

だって……硬い肌の温もりも、濡れた舌の感触も――本当は全然嫌じゃないもの。

手を伸ばせば触れ合える距離にいられることが嬉しい。

幸せと愛《いと》おしさに満ちた胸が甘く疼《うず》いている。

上げかけた嬌声《きょうせい》を、ん、と呑み込んで、そろりと体勢を変える。

真っ赤になった顔を上げ、幸弥さんの瞳を覗き込んだ。

……甘く酔《よ》わされ、とろとろに蕩《とろ》けきったときには何度も言えるセリフだけれど、理性が戻った朝に言うのはかなり恥ずかしい。

だから、声には出さず唇の動きだけで想いを伝える。

『だいすき』

「――それ、反則……」

幸弥さんは唸《うな》るように呟《つぶや》き、私の背中に置いていた手を上へと滑《すべ》らせた。

大きな手が私の後頭部に添えられる。

私は幸弥さんのほうへグイッと抱き寄せられ、彼の首筋に顔を密着させて――ふと気づいた。

間近にある首筋が赤い。

「……次のデートも、真帆の休みの日の前日からにしような」

蜜の滴《したた》りそうな低音が、ぎりぎり聞き取れる音量で囁《ささや》く。

「きっとまた一晩中手放せないと思う。あと俺が満足するまで甘やかすから。覚悟しておいて」

その声も、言葉も。

幸弥さんこそ反則です……

――全身を真っ赤にして俯《うつむ》くと、硬い腕がますます強く抱き締めてくる。

やがてどちらからともなく見つめ合い、唇を触れ合わせ……重ねるだけだったキスが濃密なものへと変わっていく。

私は胸に湧き上がるドキドキや、心を甘く満たす幸福感に包まれながら、幸弥さんの背中にそっと腕を回した。

書き下ろし番外編

温めて、甘やかして

六月初旬のある夜、私は幸弥さんの部屋に遊びに来ていた。

明日は彼も私も丸一日オフだ。幸弥さんの仕事上こういう日は貴重で、私は二人でゆっくり過ごすことができる今夜を何日も前から楽しみにしていた。

お風呂上がりに幸弥さんから借りたぶかぶかのパーカー。その袖を意味もなく指で弄《いじ》りながら、リビングのソファに腰掛けて彼を待つ。

やがて、微《かす》かに聞こえていたシャワーの音が途絶えた。

扉がカチャリと開く。

私はパッとそちらを向いて——上半身裸の幸弥さんから慌てて目を逸《そ》らした。

「そ、そんな格好で出てこないでくださいっ！」

「いや、暑いからさ」

「じゃあせめて髪は乾かしましょうよ。ここのところ日中は暖かいですけど、今夜はちょっと肌寒いですし。風邪引いちゃいますよ」

幸弥さんは冷えたペットボトルをカシュッと開けながら、フローリングをペタペタ歩き、私の足元に背を向けて腰を下ろす。

こちらにクルリと振り向いた顔は微笑みを浮かべていた。

「真帆、甘えていい？　拭《ふ》いてよ」

「っ！　……もう。タオル貸してください」

『甘えていい？』なんて。

口に出して言われると、なんだか少し照れ臭い。

私は幸弥さんの首にかかっていたタオルをスルリと抜き取り、彼の髪をとりあえずワシャワシャしてみた。

照れ隠しもあって少々乱暴な手つきになっているのに、彼は全く気にする様子もない。楽しそうに笑っている。

その屈託のない声を聞いているうちに、気恥ずかしさでムズムズしていた胸や熱くなっていた頬が次第に落ち着いてきた。

代わりに、心地《ここち》好いときめきが胸に満ちてくる。

湧き上がるその気持ちを伝えるように、今度は毛先のクルッとしたココアブラウンの髪から丁寧に水気を吸い取った。

「ちょっと待ってて――はい、これも」

一旦腰を上げた幸弥さんが、ドライヤーを手に戻ってくる。

私は苦笑しつつドライヤーを受け取り、タオルドライした髪に温風を当て始めた。

「そのまま動かないでくださいね」

「んー。……真帆ってドライヤー上手いな」

「普通ですよ。美容院ならもっと丁寧にやってくれるじゃないですか」

「なら感触の問題かも。俺、もう何年も同じ美容院に行ってるんだけどさ」

幸弥さんはペットボトルを傾ける。

聞くところによると、彼の容姿によく似合うこの髪型は、知り合いの美容師さんに完全に任せて仕上がったものらしい。

「向こうもプロだから仕事は正確だけど、やっぱり男の手だから硬いんだよな。感触が全然違う。真帆の手つきは優しいし、この細くて柔らかい指に手櫛《てぐし》されるのが凄く気持ちいい……」

そう言う美低音はうっとりしている。

私は嬉しくなりながらもドキドキしてしまった。

この色っぽい声は無意識なんだろうなぁ……

「――はい、終わりました」

そわそわする気持ちを隠すように、努めて明るい声を出す。

幸弥さんは「ありがとう」と言うと洗面所に向かい、ドライヤーを手早く片付けて、リビングにいそいそと戻ってきた。

「冷えてきたかも」

「だから言ったじゃないですか。早くなにか着、……っわ！」

呆れ交じりの言葉は、私の隣に腰掛けた彼にグイッと抱き寄せられたことで途切れてしまった。

勢いよく抱え上げられ、彼の太腿《ふともも》の上に横抱きにされる。

「幸弥さん！」

「安定が悪いな。脚、こっち」

幸弥さんはじたばたする私を簡単にいなし、再び私を抱え上げると体勢を変えさせた。今度は太腿《ふともも》を跨《また》ぐ形だ。

ブワッと湧き上がった気恥ずかしさに私が慌てても、彼はお構いなしといった様子で笑っている。

「はい、もっとくっついて。服を着るより、このほうが温かいだろ？」

「……毛布扱いですか」

「こうして真帆を抱き締めてると、癒《い》やされるっていうか、安心するんだよね」

小声のボヤきに予想外な返事がきて、思わず赤面した。

彼は押し黙った私を腕に囲ったまま息をスウッと吸い込み、満足げに息を吐く。

「髪、いい匂い」

「幸弥さんと同じシャンプーの香りですよ」

「なあ」

耳元に囁《ささや》かれ、顔を上げる。

幸弥さんは吐息が触れ合う距離にいた。

「愛しい恋人の匂いと混じってるから、特別に感じるんだよ」

私の瞳を覗き込んでくる、その眼差《まなざ》しも。

私に言い聞かせるようにゆっくりと囁《ささや》く、その声も。

彼の何もかもが――甘い。

寄り添わせた顔の距離が自然に縮まった。

唇が重なる。

触れるだけのキスを繰り返すうちに、身体から少しずつ力が抜けていく。

やがて唇が離れ、私は無意識に閉じていた瞼《まぶた》をそっと開いた。

間近にあった幸弥さんの顔は優しい笑みを浮かべている。

……が、数秒ほど見つめ合っていたら、その表情が不意に変わった。

楽しそうで、でも少しだけ意地悪そうで……悪戯《いたずら》を思いついたような微笑み方だ。

「最近ずっと逢えなかったんだ、今日と明日は真帆成分をたっぷり補給させてもらわないとな」

「え？　あ、っちょ、待って……ッ」

「待たない」

大きな手がパーカーの裾《すそ》から潜り込む。

幸弥さんは私の背中を円を描くように撫でながら、首筋に顔をグリグリと押しつけてきた。

その態度は、濃密な行為の始まりという雰囲気を若干滲《にじ》ませつつも、ただ単純にじゃれついてきているようでもあって。

膝《ひざ》抱っこからキスと続いて、なんとなくエッチな流れにいくような気がしていた私としては、微妙に肩透かしを食らった気分だ。

……って、いやいやそんなに飢えてないから私。こういうイチャイチャも好きだよ、もちろん。

幸弥さんが楽しそうなら私だって幸せだもの。

内心で自分への言い訳を重ねつつ、そう結論づけて、肩の力を抜く。

「もうっ、くすぐったいですって」

クスクス笑いながら広い背中を軽く叩くと、深くて長い吐息に首元を撫でられた。

「んー……ああ、久しぶりのこの感触、この声、この匂い。癒《い》やされる……」

……お仕事忙しそうだし、疲れているんだろうなぁ。

交際が始まってから八ヶ月――リップサービスを巡る口喧嘩《くちげんか》をして、クリスマスに指輪をもらって、二月の幸弥さんの誕生日にお祝いをして、と私達の間であれこれあった期間、彼のお仕事環境は物凄い勢いで変化していった。

幸弥さんは今まで、ラジオのパーソナリティやテレビ番組のナレーターなど、声と喋《しゃべ》りがメインのお仕事が多かった。

だから彼の素顔はお仕事仲間やアナウンススクールの生徒さん、それからラジオ局に来る熱心なファン達の間でしか知られていなかったんだけど――

きっかけは恐らく、今、女子中高生に大人気の女性タレントがSNSで幸弥さんを絶賛したこと。

そこからまず、彼のSNSのフォロワーが爆発的に増えた。

幸弥さん自身は自撮り写真をネットに上げることはないそうだ。でも注目度が高ければ情報は漏れやすく、そして広がりやすくなる。

特に隠していたわけでもない素顔で、それがかなりのイケメンとなれば話題性は充分だ。

誰かが撮った幸弥さんの画像はあっという間に拡散され、過去のラジオ放送の音源なども燃料となって、メディアの目に留まるまでの有名人になってしまった。

お陰でレギュラーのお仕事の合間に大口のゲストオファーが相次いで、最近の幸弥さんは目が回るほどの忙しさだ。

つい先日地上波で放送されたトークバラエティ番組でも、MCを務める大御所芸人と絶妙な掛け合いをしたそうで、大層評判だったらしい。

本人は『一発屋みたいなものだろう、そのうち落ち着くよ』って言うけれど……私は幸弥さんの人気がすぐになくなるとは思えなかった。

だって実力は元々充分ある人だもの。

むしろ今まで露出が少なかったことのほうが意外なんだよ。

彼のことを皆が評価してくれるのは素直に嬉しいし、誇らしい。

お仕事が増えた影響で逢えない日が続くのは少し寂しいけれど、一番大変なのは幸弥さん本人だもの。私は頑張る彼を精一杯応援する。

――こんな風に前向きになれるのは、幸弥さんの愛情を信じられるから。

幸弥さんは、どんなに忙しくなっても連絡をくれる。自分から私に繋がりを求めてくれる。

今夜のように、逢えたときはとびきりの笑顔を見せてくれるし、喜んでくれる。愛情表現してくれる。

それから……注目され始めた頃、彼はごく自然に『恋人がいます』ってカミングアウトしてくれた。『一般の方なので』と予防線を張りつつも、カメラの前で堂々と惚気《のろけ》てみせた。

この一連の発言が更なる好感度アップに繋がったみたいなんだけど——とにかく私の存在を隠さず言ってくれた。

あれが私にとってどれほど嬉しかったことか、幸弥さんは分かっているのかな。

それにしても……普段は頼れる年上の恋人という印象が強い彼が、ここまで甘えてくるなんて、ちょっと驚きだ。

そしてそんな幸弥さんを今夜はとことん甘やかしてあげたいな、なんて考え始めている私は、もうどうしようもないくらい彼に溺れているのだろう。

「幸弥さん」

ココアブラウンの髪を指に絡めながら、愛しい名を呼ぶ。

すると私にピッタリ密着していた硬い身体が少しだけ離れた。

「んー？」

優しげな表情を浮かべた彼に顔を覗き込まれる。

「好きです、幸弥さん。お仕事に取り組むときの真面目な姿も素敵ですし、周りの期待に応えようと努力するところも格好良くて、男性としてだけじゃなく社会人の先輩としても尊敬してます」

「……ん。ありがとう」

「でも頑張りすぎはダメですよ？　疲れを押して無理しているところを見たら、凄く心配になりますし……私、こうして一緒にいるときの可愛い感じの幸弥さんも、全部大好きですから。だから今夜は……私で良かったら、好きなだけ甘えてくださいね」

私の話を静かに聞き終えた幸弥さんが、ふと口角を上げた。

「真帆はいつも俺を尊重してくれて、いつでも応援してくれて、欲しいときに欲しい言葉を言ってくれるよな」

「そうですか？」

「ああ。そういうところ、敵わないなって思う。——好きだよ、真帆」

唇がそっと触れ合い、ゆっくりと離れる。

「気遣いのほうは俺の完敗。でもな、純粋に相手を好きな気持ちだけ比べたら断然俺のほうが強いぞ？」

「そんなことないですよ。私のほうがもっと好きです」

その後しばらく私達はクスクスと笑いながら「俺が」「私が」と言い合った。

結論は当然出なくて、でも互いに満足して、また唇を重ねる。

髪を撫でる手を肩に移すと、触れた素肌はまだ少しひんやりしていた。

「ん……寒くないですか？」

「可愛い恋人のお陰で身も心もすっかり温まってるよ。だから次は」

「……次は？」

「熱を分けて癒《い》やしてくれたお礼に、真帆の全身をとろっとろに蕩《とろ》けさせたいな」

「っ！」

背中でプツッと音が鳴った。

パーカーの中を移動した長い指が、締めつけの緩《ゆる》んだ胸に忍び寄る。

「あっ……」

「絡み合って、溶け合いたい。俺の熱で真帆を乱れさせたい」

鼓膜を震わせるのは、蜜の滴《したた》る美低音。

最近ますます破壊力を増した幸弥さんの声でこんなセリフを囁《ささや》かれたら、もう白旗を上げるしかない。

「真帆」

薄く開いた唇の隙間から温かな舌がヌルリと入りこむ。

濃密なキスは瞬《また》く間に私から理性を奪っていった。

「……んっ、んん……っは、ゆき、……っ」

久しぶりの快感。名を呼び返すどころか、息継ぎするので精一杯だ。

でもその少しの苦しさがまた気持ち悦《い》い。

私は夢中で幸弥さんの舌を追いかける。

同時に素肌を弄《まさぐ》る手に煽《あお》られ、快感ばかりを与えられて、硬い胸板と腕に囲われた身体がピク、ピクンと跳ねる。

長いキスから解放されたとき、私は既にぐったりしていた。

「ぁ、はっ……はぁっ……」

「好きなだけ甘えたら、一晩じゃ済まないな……ま、いいか。明日は休みだし」

不穏な呟《つぶや》きは独り言のようなのに、その声色は既に甘ったるいハニー・ボイスへと変化している。

そんな幸弥さんにおののきつつも、期待せずにはいられない。

「ベッド行こうか」

「ん……」

抱き上げられて身体が浮く。

——それから幸弥さんと私は、交互に甘えたり甘やかしたりしあって、二人きりの休日をたっぷり満喫したのだった。

B6判　定価：640円＋税　ISBN 978-4-434-22905-3

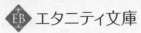

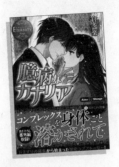

恋愛小説「エタニティブックス」の人気作を漫画化!

片恋スウィートギミック

漫画 小立野みかん
Mikan Kotatsuno

原作 綾瀬麻結
Mayu Ayase

鳴海優花《なるみゆか》には、学生時代ずっと好きだった男性がいた。その彼、小鳥遊《たかなし》に大学の卒業式で告白しようと決めていたが、実は彼には他に好きな人が……。失恋しても彼が心から消えないまま時は過ぎ二十九歳になった優花の前に、突然小鳥遊が！　再会した彼に迫られ、優花は小鳥遊と大人の関係を結ぶことを決め――

B6判　定価：本体640円+税　ISBN 978-4-434-27513-5

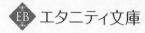

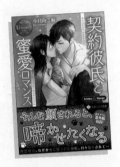

本書は、2017年2月当社より単行本として刊行されたものに、書き下ろしを加えて文庫化したものです。


この作品に対する皆様のご意見・ご感想をお待ちしております。

おハガキ・お手紙は以下の宛先にお送りください。

【宛先】

〒150-6008 東京都渋谷区恵比寿4-20-3 恵比寿ｶﾞｰﾃﾞﾝﾌﾟﾚｲｽﾀﾜｰ 8F
(株) アルファポリス　書籍感想係

メールフォームでのご意見・ご感想は右のＱＲコードから、
あるいは以下のワードで検索をかけてください。

アルファポリス　書籍の感想　検索

ご感想はこちらから

エタニティ文庫

魅惑《みわく》のハニー・ボイス

倉多《くらた》 楽《らく》

2020年7月15日初版発行

文庫編集－熊澤菜々子・塙綾子
発行者－梶本雄介
発行所－株式会社アルファポリス
〒150-6008 東京都渋谷区恵比寿4-20-3 恵比寿ｶﾞｰﾃﾞﾝﾌﾟﾚｲｽﾀﾜｰ8F
TEL 03-6277-1601（営業）　03-6277-1602（編集）
URL https://www.alphapolis.co.jp/
発売元－株式会社星雲社（共同出版社・流通責任出版社）
〒112-0005 東京都文京区水道1-3-30
TEL 03-3868-3275
装丁イラスト－秋吉ハル
装丁デザイン－ansyyqdesign
印刷－中央精版印刷株式会社

価格はカバーに表示されてあります。

落丁乱丁の場合はアルファポリスまでご連絡ください。

送料は小社負担でお取り替えします。


ISBN978-4-434-27503-6 C0193